母と娘の物語——戦後オーストリア女性文学の《探求》

まえがき

本書で取り上げるのは、第二次世界大戦後のオーストリアで、女性によって書かれた小説である。まず、生年順に作家名を列挙する。

・マルレーン・ハウスホーファー（一九二〇〜七〇）
・インゲボルク・バッハマン（一九二六〜七三）
・エルフリーデ・イェリネク（一九四六〜）
・ヴァルトラウト・アンナ・ミットグチュ（一九四八〜）
・ブリギッテ・シュヴァイガー（一九四九〜二〇一一）
・マルレーネ・シュトレールヴィッツ（一九五〇〜）
・エリーザベト・ライヒャルト（一九五三〜）

女性作家に対象を絞った理由は、女性たちこそが、作家活動を進めるにあたって、オーストリア社会に色濃く残っていたハプスブルク帝国、そしてナチズムを支えた家父長制度とカトリシズムの価値観にもっとも激しく抵触する存在だったからだ。とくに「書く」という行為によって自己主張をしようとすると、オーストリアという保守的な文化が支配的な国で、旧態依然とした価値観に支配された「言葉の壁」にぶつかり、彼女たちはみずからを表現する術をしばしば見失った。語るべき言語を獲得しようと格闘する彼女たちの姿、その過程《プロセス》と、「はたして《女性の言語》を獲得することが、女性作家にとって最終的な到達点《ゴール》なのか」という問いに彼女たちがどう向きあったかを検討することは、「文学」という、言葉による芸術を考えるうえで、もっとも根源的な問題意識《プロブレマティク》と向きあう営為であろう。

第一章「家父長制社会の共犯者としての主婦」では、マルレーン・ハウスホーファーの作品を手掛かりに、いまだ「女性作家」が社会のなかで職業として地位を占めていなかった時代に、小説を書くことで家父長制社会に異議申し立てをおこなうことは、著しく困難であり、女性（主婦）は家父長制社会を補完する共犯関係にあるという苦い自己認識をもった主人公を描くことが、精いっぱいの抵抗であったことを示す。取り上げた作品は、短篇「ステラを殺したのはわたしたち」および長篇『屋根裏部屋』の二作である。ハウスホーファーが作品のなかに遺した痕跡としての抵抗、みずからが受けた暴力の精巧な描写が、それ自体として当時の社会制度への強い反撥を示すことであったことを明らかにする。

「娘時代の教育の代償」と題した第二章では、女性が「作家」になるにあたって遭遇した困難の原因を、女性たちが子ども時代に受けた教育に求める。家庭のほか、しばしばカトリック系修道院の寄宿学校で、従属すること、主体性をもたず、既存の価値観を無批判に受け入れることを叩きこまれることで、成人してからも自立した思考をしようとしても、模範が存在しないため、自分の意志がどこにあるのかさえ充分自覚できない女性を描いたマルレーネ・シュトレールヴィッツ『誘惑。』、ブリギッテ・シュヴァイガー『海の水はなぜからい』、ヴァルトラウト・アンナ・ミットグチュ『体罰』の三作品を読み解く。

第三章は、戦後ドイツ語圏を代表するオーストリアの作家インゲボルク・バッハマンが、「女性の言葉(声)の獲得をめざして」取り組んだ創作(短篇「ウンディーネ去る」、長篇『マーリナ』)を取り上げる。イェリネクは社会に流布している言語を破壊することによって、女性の生きづらさを表現したが、バッハマンは男性の言語とは異なる女性の言語、ユートピアとしての文学を構想した。その内実がいかなるものか、隘路をくぐりぬけて到達しようとしたバッハマンの文学観に迫る。

第四章「家父長制度に抗って書く」では、二〇〇四年オーストリアの作家としてはじめてノーベル文学賞を受賞したエルフリーデ・イェリネクに焦点を当てる。彼女の作品は、これまでの章でみた「受け身」の女性ではなく、テクストそれ自体がオーストリアの精神風土を逆撫でし、叛逆し、破壊することを端的に目的としている。それによって、読者に自明と思われている日常の男性中心社会の暴力性を、目の前に突きつける。その攻撃性は、情け容赦ない。『ピアニスト』、『欲望／快楽』の二作品にみられる破壊的な言語批判を、ドイツ語の原文も引用しながら分析していく。

第五章「母を問いつめる娘」は、全体のまとめにあたる章である。バッハマンやイェリネクに負けず劣らず重要な作家エリーザベト・ライヒャルトの『二月の影』と『悪夢』の二作品から、なにゆえオーストリアでは（東西両ドイツとは異なる）戦前の家父長制度、カトリックの遺風が温存されたのかを検証する。歴史家でもあるライヒャルトは戦時中（ナチス支配下）のレジスタンス運動の聞き取りをおこなった経験をもつ。そこで突き当たった「沈黙」に、「臭いものに蓋」「事なかれ主義」といったオーストリアの悪習の源泉を看て取り、娘が母親の過去を問い糺す『二月の影』、学生時代の仲間の失踪を契機に想起される根強い反ユダヤ主義を暴く『悪夢』を執筆した。

なにゆえ、『母と娘の物語』と題した本書で「戦後の」、「オーストリアの」、「女性の」文学作品を取り上げたのか、その理由を読み取っていただければ、筆者として望外の喜びである。本書は、オーストリア女性作家たちによる文学上の《探求》に迫った書であると同時に、わたしが彼女たちの作品に迫った《探求》の論述である。

「戦後オーストリア女性文学」と銘打ちながら、二十世紀に書かれた作品しか取り上げていないのは、ＥＵの統合によって「オーストリアの作家」という枠組みで語ることが、また「女性作家」という括りで女性の作家を語ることが二十一世紀に妥当性を欠くようになってきたからである。たとえばベルリン在住のカトリン・レグラや南ティロール出身のサビーネ・グルーバー、ソ連から移住し、ヴィーンで健筆をふるっているユリヤ・ラビノヴィチといった作家を論じるには、本書の「母と娘の物語」という切り口とは、別の角度から論じるべきだと考えている。

とはいえ、本書では、女性作家の先駆けともいえるヘルタ・クレフトナーにほとんど言及できなかった。収容所で殺された女性たちの物語を描いた『抵抗した女性の名前』、自伝的色彩が濃い『見知らぬ女』の作者マリー＝テレーズ・ケルシュバウマー（一九三六〜）や、デビュー作『修道院学校』で一躍脚光を浴び、それ以降の三部作『ソフィー・シルバの神秘』、『アミーまたは変容』、『カイとモデルたちへの恋』で知られるバーバラ・フリッシュムート（一九四一〜）も取り上げていない。本来なら一章を割くべきだっただろう。また、女性から男性に性転換をし、旺盛な執筆活動を繰り広げているユリアン（ユッタ）・シュッティングについて触れていない。言語批判を創作の中心に据えて活躍したフリーデリケ・マイレッカーやイルゼ・アイヒンガー、エルフリーデ・ゲルストルも、本書の視坐からは捉え切れなかった。今後の課題としたい。

第一章

家父長制社会の共犯者としての主婦

――マルレーン・ハウスホーファー「ステラを殺したのはわたしたち」、『屋根裏部屋』

はじめに

「テクストを読む」とは、どのような営為であろうか？　もちろん一義的には、作者のいわんとする内容を読み取る作業であろう。しかし、さらにそれを超えて、作者が語らなかったこと／語れなかったこと、すなわち彼／彼女が語りたいと内心感じつつも、無意識のうちに抑圧してしまった「声」にまで耳を澄ます営為も、ときとしては必要ではないだろうか？　というのも、語られずに忘れられたものにこそ、じつは作者の「真意」が隠されているからである。今まさに誰かが話して語らっている現場と、そこで語られたことが文章として記録・定着された状態とでは、同じ言辞であっても性格を異にする。後者においては、話すという言語行為《スピーチ・アクト》の孕む余剰（「言い違い」や「つっかえ」など）は、すっかり整理され、行為の最中に現れていた豊かな情報が塗り潰され、消されてしまう。したがって、語られたものよりも「語る」という行為の現在性を重視し、そして語られたもの、言説へと変化していく途上で隠蔽されていくものを、あらためて取り出すことには充分意味がある。「語られたもの」としてわたしたちの前に提出されたときには忘れられてしまったものにこそ真理が宿るというラカンの主張は、おおよそそのような意味であろう。

とはいえ言説のなかで真理はつねに隠されるとしても、精神科医でもなく、臨床体験もないわたしが、いまからテクストに対して精神分析を試みる気は毛頭ない。ただ以上のような観点をたえず頭の片隅におきながら、作家マルレーン・ハウスホーファー（一九二〇～七〇）の比較的初期の短篇小説の読解をまず試みる。その作業のなかで、「女性が書く」ということ自体が当時どれほどの困難を伴っていたか、そして書くという所作の行為遂行論的《パフォーマティヴ》な意味、そして彼女が語ろうとして語りえなかった真理＝「忘れられたもの」の問題を考えてみたい。

第一節　家父長制下の女性

一―一　忘れられた「主婦」作家

まずハウスホーファーの略歴を簡単に紹介しておこう。一九二〇年オーバー・エスタライヒのエッファーツバッハにある森林管理官の家に生まれたハウスホーファーは、豊かな自然に恵まれたこの地方で少女時代を過ごした。やがて母によってリンツにあるウルスラ会の修道院学校に入学させられるが、規律の厳しい修道院での生活はハウスホーファーの肌に合わず、健康を害して途中長期休学している。ドイツによるオーストリアの併合後、帝国婦人勤労奉仕ＲＡＤ（Reichsarbeitdienst der weiblichen Jugend）の一員として東プロイセンで働く。その間に知り合った男性との間に一子をもうける。オーストリアに帰ったハウスホーファーはヴィーン大学で哲学を専攻する。一九四一年マンフレート・ハウスホーファーと結婚。四三年には次男誕生。戦後、医師として開業した夫に附いてシュタイアーに居住。以降、主婦業のかたわら文筆活動をつづけた。生涯にわたって、田舎町シュタイアーでの夫婦生活と、ヴィーンのカフェ・ライムントでの作家たちとの交流という文字通りの二重生活をハウスホーファーは送ったことになる。一九五〇年には夫マンフレートと離婚し、八年後再婚しているが、二人の共同生活はその間もつづいていた。一九七〇年骨癌で死去。四十九年の短い生涯であった。

このようにハウスホーファーにとって創作活動は、さまざまな形で制約を受けていたため、作品数も少なく、またシュタイアーを生活の拠点としていたので文壇との交流もごく限られていた。加えて、出版社の問題もあって、生前はオーストリア以外ではほとんど無名の存在にとどまった。ハウスホーファーの名が西ドイツ（当時）でも広く知られるようになるには、作家の死後十年以上を経た一九八三年、『壁』の新版を待たねばならなかった。

ハウスホーファーの作品が生前受け入れられず、死後も忘れられていたのには、上記の物理的な事情とは別に、彼女の文学作品のテーマも関係していたといえる。ハウスホーファーは女性を主人公に、「主婦」たちの日常生活を淡々と描いた小説を発表していった。しかし彼女が活動していた一九五〇年代から六〇年代には、まだ女性の個人的な体験を描いた作品が「文学」として価値あるものとして見做される素地は整っていなかった。「女性運動」が市民権を得る前のことである。ミレイユ・タバは以下のように簡潔にまとめている。

マルレーン・ハウスホーファーは五〇年代の復古主義的状況で執筆活動を始めねばならなかった。一九七〇年、フェミニズム運動の興隆直前に彼女は死んでいる。この二十年の間に、繊細で明晰なまなざしをもって、ブルジョワ＝家父長的社会の役割強制のもと、損ねられた女性のアイデンティティ形成にまつわる緊迫した精神史を刻んだ作品が、強度に外的・内的な無数の矛盾に耐えながら成立していったのだ[1]。

当時の時代状況については、ハウスホーファーとほぼ同時代人であったインゲボルク・バッハマンの『マーリナ』（一九七一）の一節、「社交界は最大の殺人現場」がよく知られている。一九三〇年生まれの作家ゲルストルも、一九五二年わずか二十三歳で自死したヘルタ・クレフトナーに寄せた文章で「時代の女性蔑視の風潮の中で、クレフトナーは締めつけられて苦悩したのだ」と証言している[2]。第五章で見るとおり、オーストリアはドイツと異なり、戦後も自らをナチス・ドイツによる合邦の被害者だと言い募り、過去との取り組みを等閑視し、したがって戦前、いやハプスブルク帝国時代からの封建的な精神遺風が戦後まで温存されてきたのである。このような空気の中で「ものを書く女性」の存在は社会に対する《挑発》以外のなにものでもなかったことは想像に難くない。

七〇年代に入ってフェミニズム運動が澎湃として勃興したときも、ハウスホーファーは忘れられた存在であり続けた。六〇年代の女性作家の作品が当初フェミニズム運動に顧みられなかった原因についてジークリット・ヴァイゲルは以下のように解説している。

それらのテクスト（バッハマン、ウニカ・ツュルン、ハウスホーファーらの作品：引用者註）はどれも「出発」を扱ったものではなかった。また女性解放への展望を開くものとも読めなかった。自立した主体としての女性が描かれているわけではなかった。むしろその反対に、この時代の作品は、登場人物たちの「褒貶」「屈辱」「信念のぐらつき」をテーマにしたものだった。[3]

先述したタバの時代認識を借りるならば、一九二〇年代に少女時代を過ごし、保守的な家庭(教育)環境――みずからの母親も含め――のもとで青春時代を送ったこの世代の作家たちは、第二章でもみるとおり、「解放された女性」の模範的イメージが欠落していたがゆえに、ポジティヴな登場人物を創造しえなかった。[4]その結果むしろこの時代の小説は女性としてのアイデンティティの欠如(真空状態)の方が目立つことになった。(この欠如について、登場人物たち、さらに作家本人が自覚的であったか否かは議論が分かれるところであろう。)

その後同じ女性作家のなかでバッハマンが脚光を浴びたときも、ハウスホーファーが注目されることはほとんどなかった。バッハマンの主人公たち、とりわけ『マーリナ』の語り手の「わたし」が、家父長主義社会のなかで主情を露わにし、ラディカルに壊れていくのに対し、ハウスホーファーの主人公たちは伝統的な「主婦」の役割を演じつづけ、破綻することがない。旧来の女性像を逸脱しようとしない女性たちは、バッハマンの過激さに比べ、読者に生ぬるいものに映ったとしてもやむをえない。たしかにハウスホーファーの主人公たちは、現実の日常生活を批判し、ここではない「どこか」を夢想しつつも、しかし作品の最後には決まって日常に回帰してしまう。彼女たちの姿からは諦念すら読み取ることができる。またバッハマンが痛烈に男性中心主義の社会を批判してやまないのに対して、ハウスホーファーの主人公たちは非政治的である。戦前からナチス時代、そして戦後のオーストリア社会を作品の舞台としているにもかかわらず、歴史的事件についての言及はほとんどといっていいほどない。[5] 都市での現実生活に対し、自然に恵まれた地方での幼年期を理想化する構図も、いささか類型的との印象を免れえない。さらにバッハマンとの比較をつづけるなら、バッハマンは人間として、また作家として男性と同等の地位を手に入れようと格闘する生涯を送ったのに対して、ハウスホーファーの生涯は、いま述べたとおりシュタイアーの田舎町で主婦業に甘んじていた。このような違いがハウスホーファー受容をさらに遅れさせた要因といえよう。（こうした評価のなされ方自体が、時代の制約に基づいていることはいうまでもない。）

しかし二十世紀も終わりにさしかかって、五〇年代から六〇年代の家父長的社会を鋭く炙り出した作家として、ようやくハウスホーファー再評価の動きが出てきた。二〇〇〇年には彼女のはじめての浩瀚な伝記が著された。[6] 以下、本論ではあたらしいハウスホーファー像を提出したいと考えている。具体的には、主婦を主人公とする初期の短篇「ステラを殺したのはわたしたち」（一九五八）と、主人公の「主婦」が書いた手記という体裁をとった彼女の晩年の作品『屋根裏部屋』（一九六九）を例にとって、女性が「書く」という位置づけを軸に分析を加えていきたい。

一―二　「ステラを殺したのはわたしたち」

短篇「ステラを殺したのはわたしたち」（以下「ステラ」と略す）にはハウスホーファー文学のエッ

センスがつまっている。彼女が「書く」という作業そのものをしばしば作品の主題にしたことは第二節で詳述するが、「ステラ」はまさにその端緒に位置する作品といっていい。また内容面でも、彼女が生涯を通じて追究する「家父長制の共犯者としての主婦」というテーマがすでにはっきりと現れている。ハウスホーファーの主人公の女性たちは、家父長制を批判しながら、同時に自らもその暴力と無縁ではありえない、――むしろ加害者、共犯者としてしか生きられないという苦い認識を抱いている。「ステラ」の主人公「わたし」も同様である。

では、作品を仔細に検討していくことにしよう。

ヴォルフガング、アネットという二人の子供がいる語り手の「わたし」は、友人からステラという子を養子として預かる。凡庸そうに見えたステラは美しい娘に成長し、夫のリヒャルトに誘惑され、自ら命を断つというのが五十ページに満たないこの小説の粗筋である。小説は、「わたし」がステラの死を回想して書いた手記という体裁をとっている。

ステラは引き取られてきた当時、パッとしない女の子であった。

ステラはちょっとばかり鈍くて、引っ込み思案だった。うれしいときも、ぎこちなくのっぺりとした顔は無表情だった。(S 56)[7]

しかし、ある日「わたし」が彼女のために紅い服を買ってやったことをきっかけに、ステラは変わる。

変身は完全だった。ステラは鏡の前に立って、はじめて自分の姿をまじまじと見た。「なかなかきれいよ、ステラ」とわたしは声をかけ、皺のよったところを直してやった。ステラは振り向きもしないで、鏡に見入っていた。「わたしはきれいなの」と驚いたようにつぶやいていたが、こみ上げてくるはじめての感情に打ち克って、もう一度つぶやいた、「わたしってきれいなんだ。」（S69）

そのことに目ざとく気づくのが夫のリヒャルトである。二ヶ月も過ぎるとステラを見る夫リヒャルトの目つきが変わってくる。「ステラがうちに来て二ヶ月たったころ、リヒャルトの目つきに、あの、女を追いかけるときの鋭く、侮蔑したような表情が浮かんでいることに、わたしは気づいた」（S72）。

――では、夫リヒャルトとはどんな男性か？

リヒャルトは生まれながらの裏切り者だった。たえざる欲望を充たしうる肉体をそなえていたら、それだけでさしたる理性的な冴えがなくとも、彼は満足して生きられるだろう。理性などというものは、しょせん欲望を求める彼の肉体の悦びに従属するものにすぎない。リヒャルトは怪物だった。

抜け目ない家長であり、誉れ高い弁護士であり、情熱的なプレイボーイ、裏切り者、嘘つき、殺人鬼だった。（S 67f.）

わたしがまだ若かったとき、「どうしてわたしを好きになったの？」と訊ねたことがある。彼の答えは簡単明瞭だった。「お前がぼくのものになるからさ」

わたしの容姿にでもなく、わたしの性格でもなく、ただ所有物として、彼はわたしを可愛がった。（S 76f.）

けれども「わたし」はそれに黙って耐えるしかなかった。以下の述懐がそれを明らかにしている。

リヒャルトをなじることはわたしの役目ではない。せいぜい生活を守り、あの人殺しから身を守ることぐらいだったろう。でもわたしが実際にしたことといえば？　一人の女の子を情事に巻き込み、彼女がすぐそばで傷つけられ殺されていくというのに、自分は窓に寄りかかって四季の移ろいを眺めているだけだった。（S 71）

美しくなったステラをリヒャルトは連れ出し、誘惑する。それを「わたし」は見守るだけである。そしてステラはリヒャルトとその友人W博士の両方に陵辱される。泣きじゃくるステラに「わたし」

はかける言葉がない。

ステラの部屋の前を通りかかったとき、嗚咽が聞こえた。わたしは立ったまま耳を澄ませていた。ステラは泣いていた。大人がするように抑えることもなく、激しく、とめどなく泣いていた。彼女の泣き声は醜かった。うなじに目が止まった。ステラは道を踏み外したのだ。間違いない。立ち直るよう助けるか、少なくとも慰めてやるかできたはずだ。でも、わたしはどちらもしなかった。（S 82）

彼女は、家庭を守ることを優先し、ステラを見殺しにしたのだ。小説に通底するのは「わたし」の悔恨の気持ちと、「どうしようもなかった」という弁解との往還である。事を知りながら、彼女を破局から守ることができなかったのである。それどころか、彼女の死によって「わたし」は気が軽くなったと告白する。

ステラが死んで、ほんとうに気が楽になった。（…）ステラは死んだ。わたしは元の生活に戻れる。ヴォルフガングと庭と、きちんとした日々の秩序ある昔の生活に戻れるのだ。あまりにホッとして吹き出してしまったくらいだ。（S 97）

こうしてみると、この物語は家父長制に骨がらみになり、その暴力と抑圧に苦しみ、告発の声をあげつつも、子供（実子のヴォルフガング）のため、家庭を守るためとして、孤児ステラを見殺しにする行為によって家父長制に加担してしまった「わたし」の葛藤の物語である。

わたしの怒りはとうに収まっている。ただ自分が呑みこまれていたぞっとするような出来事の戦慄は残った。わたしが暮らしている薄汚れた場所に対する恐怖は消えない。（S68）

以前はときとして、自分にもホッとできる場所ができればいいな、と思いめぐらしたものだった。ステラが死んだ今、黄金の鳥籠は牢獄になっていた。（S70）

家父長制を告発する女性の物語は数多く存在する。また七〇年代以降フェミニズムが澎湃として湧き起こることによって、女性の自立を模索した作品も数多く書かれるようになる。文学研究のジャンルにおいても、フェミニズムの立場から古典の読み返しが盛んに行われるようになった。しかしそれ以前、いまだ解放された理想的な女性像への展望を把持しえぬまま、家父長制に抑圧され、加担者たらざるをえない女性の現実を、これほど仮借なく執拗に描いた作家をわたしはマルレーン・ハウスホーファーのほかに知らない。

しかもハウスホーファーはたんに女性の現実を描いていただけではない。家父長制の牢獄から逃れようと努力する姿勢も視野に収めている。その姿勢とは、書くことによってである。それはハウスホーファーにとって積極的な決意であったが、同時に大きな問題性を孕む困難な営為であった。

一―三　ハウスホーファーが書かなかった／書けなかったもの

「女は女に生まれるのではない、女になるのだ On ne naît pas femme: on le devient」とは、シモーヌ・ド・ボーヴォワールの人口に膾炙した『第二の性』の一節だが、「女になる」というフレーズの謂いは、女性らしさとか、社会における女性の役割を、社会によって教育され、「女性」になるよう強制される、という点であろう。それに対してボーヴォワールは、『第二の性』という著作を書くという行為を通して言語遂行的《パフォーマティヴ》に、男性中心主義社会から押しつけられた女性像とは異なった「女性」になっていく。女性像の生成、定着、強化の過程を分析する執筆作業を通して、さらには作品刊行後ボーヴォワールの書物を読んだ読者からの反響を通して、新たな女性像を彼女自身は形成、獲得していったのである。その意味において、いま掲げた一節は両義的である。『第二の性』を書くことによってボーヴォワールは女になった、という面もあるのだから。

おそらく書くという行為の創造性とは、後者のような事態を指すのであろう。すでに結論が前提された書物に書かれるべき生産性はない。作者が書くということによって行為遂行論的に変化していき、期待していなかったなにかを発見し、いままでとは違う何者かに「なる」。

とはいえ、事はいうほどなまやさしい営為でないことも明らかである。フェミニズムがまだ浸透せず、社会的にも認知されておらず、それどころか激しい批判、否定、いや揶揄の対象になっていたのが、ボーヴォワール、あるいはハウスホーファーが生きた時代である。そしてハウスホーファーがフェミニズムの思想を積極的に受容し、自らの知的バックボーンとして作品を紡いでいった形跡はない。にもかかわらず彼女の作品が今日強い説得力をもってわたしたちに迫ってくるのは、初期のフェミニズムが直面していた壁に、期せずしてハウスホーファーもぶつかっていたからだろう。そしてその壁とは、ここまで見てきた「書かれたこと」に表された直截な家父長制の問題描出というよりも、むしろ彼女が「書かなかった／書けなかったもの」の背景に潜在している要因が大きいのである。

ショシャナ・フェルマンが指摘するとおり、いったん学校で教育を受けてしまえば、「知らぬうちに〈自分の中に男性的知性を埋め込まれてしまい〉、それにとらわれた考え方をするようになってしまう。[8]」女性であっても、無自覚のうちに男性の視点で文学作品を読む習慣が身についている。女性文学を読む営みさえ、男性の価値観が染みついた物語を生き直すことと同義になる危険性とつねに背中合わせである。植え込まれたこの知の構造から逃れることはたやすいことではない。まして自らが「女性として書く」となれば、困難は倍増する。結局は女性作家も、「文学」という男性文化をあたかも女性文化であるかのように錯覚し、反復、再生産する陥穽に陥りやすいからである。天職として作家になりたいという欲望、すなわち自分が望む理想の女性像を自作の文学作品のなかで縦横無尽に創造しようという欲望と、社会によって刷り込まれた「家父長制社会に奉仕するのが理想的な女性である」という強迫観念とのあいだで、女性作家の内面は激しい葛藤に苛まれざるをえないのだから。「少女たちはこの問題を片付けるために、自分たちを排除するか、さもなければ他者を追い出しなさいという声にまどわされ、時には、そうするよう勧められもする。つまり、立派な女性になりなさい、さもなければ、利己的な女になるしかないのですよという声が彼女たちにささやきかけられるのだ。[9]」ましてハウスホーファーが通わされていたのは、ウルスラ会の修道院学校で、そこで彼女は寄宿生生活を送っていたのだった。カトリックの女子修道院で、自立した女性の姿どころか、家父長制社会における奉仕者としての女性のあるべき役割が説かれていたことは想像に難くない。強い禁制《タブー》が幼いハウスホーファーのなかに刻み込まれたことだろう、芽生えてきた女性としての自己意識を「他者」として排除するようにしつけられて。

したがってハウスホーファーに限らず女性の書き手は、「立派な女性」と「利己的な女性」という文化的ダブルバインドに必然的に直面することになる。このダブルバインドを抱えたままの文学創作は――この葛藤に自覚的か否かは問わない――、自らの理性が包摂しえぬもの、意識的にか無意識的にか抑圧してしまったものを、テクストのなかに痕跡として遺すことになる。あるいは本章の「はじめに」で用いた用語を使うなら、書かれる際に「忘れられたもの」を、そうとは知れず埋め込むことになる。

ハウスホーファーにおいて、つねに「家父長制の共犯者としての主婦」という主題が明示的に呈示されていることはすでに確認したとおりである。この主題と、彼女がしばしば主人公たちに手記を書かせている事実との関係をここで考えねばなるまい[10]。

語り手の「わたし」は冒頭に次のように語りはじめる。「わたしは書きとめねばならない、ステラのことを忘れてしまう前に」（S 54）。また途中には、「けれどもわたしはステラのこと、ステラがどんな風に殺されていったのかを書きたいのだ」（S 71）とも書いている。つまりハウスホーファーの主人公は、家父長制社会に対する自らの共犯者性を、内に向かっても外に向かっても暴露するために書いていることは明白である。平穏なブルジョワ家庭での妻として、母としての微温的な暮らしに対する違和感、齟齬を探索するために、「わたし」は筆を執ったのだといえる。

しかし、「ステラ」が「黄金の鳥籠＝牢獄」（S 70）である家庭に生きる苦痛を、自分の前にはっきりと可視化しようとして書かれた尖鋭な手記でありながら、先にも引用したとおり、結論的には「きちんとした秩序ある昔の生活に戻れる」ことを、「わたし」はホッとしたと語るのである。これはいかにも奇妙ではないか？

手記を書くという行為を通して、本当の意味での女性に「なる」ことを目指し、現実にみずからの精神的葛藤を余すことなく白日のもとに曝すことによって、家父長制という装置の残忍性を怖れることなく容赦なく暴き、そのような所作により社会から刷り込まれた女性像から脱却し、現に社会が要請する女性とは遠いところに立つ自己意識を身につけたはずの語り手の「わたし」、自分が体験した葛藤をまさにパフォーマティヴに追体験していく姿を、手記執筆により、自分だけでなく読者の前にも突きつける「わたし」が、けれども家父長制を直接的に弾劾することもなく、その解体を志向することもなく、それどころか日常生活に回帰していくのは不自然である。みずからの手記が家父長制の再生産に加担するものであることは、語り手の「わたし」は百も承知していたはずなのだから[11]。けれどもハウスホーファーの作品の問題性は、むしろこの不自然さにあるのではないだろうか。すなわち「書かれたこと」もさることながら、「書かれなかったこと」の方に表現としての強い求心力をわたしたち読者は感じ取るべきではないだろうか。

第二節　「書く」行為のアンビヴァレンス

二—一　『屋根裏部屋』

このテーマに関して、彼女がまったく無自覚でなかった証拠に、最晩年の長篇『屋根裏部屋』（一九六九）を次に読んでいこう。この作品でハウスホーファーはふたたび「書く」というモティーフを前景に押し出している、それもかなりグロテスクなかたちで。

マルレーン・ハウスホーファーは決して日曜作家ではなく、れっきとしたプロの作家であった。しかし、夫や子供たちには彼女の創作活動が「趣味」としてしか映らなかった。繰り返しになるが、ハウスホーファーは「主婦」の立場から書くことを強いられた作家だった。

彼女の創作活動は、妻として母親として、また歯科医である夫の助手としての仕事の間をぬって細々と続けられたものであった。代表作『壁』執筆中に友人のフェルマイヤー夫妻に宛てた手紙では次のように不満を訴えている。「今小説を書いているところです。何もかもとても骨が折れます。と申しますのも時間が充分あったためしがないからです。」[12]また後年、エリーザベト・パブレとのインタヴューでも「長いあいだわたしは早朝書いてきました。(…)ここ八年ほどは午後の三時から六時にかけて書いています。これは決して理想的な時間帯ではないのですが、それより他ないのです。というのも子供たちが大きくなって、この三時間のあいだはわたしは独りきりになれるのです。夕方は家族のための時間です。週末は取り込んでいて、平日午後といえどもしばしば先延ばしにできないことが起こるので、平均してわたしに与えられる書くための時間は三日間しかありません」と執筆時間の不足を嘆いている。[13]

すでにみてきたとおり、ハウスホーファーの作品はほとんど、主婦を主人公に、彼女たちが送る平凡な日常生活(夫婦生活)を抑制のきいた筆致で描いたものである。およそストーリーとしての抑揚・起伏にも乏しく、作品の魅力はハウスホーファーの落ち着いた文体によって描き出されるおだやかな世界のたたずまいにあるといってよい。もちろん、この変化の乏しさはあくまで表面上のことであって、一見心地よくも緩慢にみえる物語の進行に伴って、主人公の内面が劇的な変容を被っていることを見逃してはならない。齢四十七歳になる主婦を主人公とするハウスホーファー最後の長篇『屋根裏部屋』は、このようなハウスホーファー文学の特徴をすべて兼ね備えた、彼女の集大成ともいえる小説である。[14]

作品は、名前のない一人称の「わたし」によって紡がれていく。夫のフーベルトは五十二歳になる弁護士。「わたし」とのあいだに二十二歳の息子フェルディナントと十五歳の娘イルゼがいる。小説『屋根裏部屋』は、「わたし」の一週間の生活を綴った手記の体裁をとっている。

「わたし」と夫は表面的には円満な夫婦生活を送ってきた。日常の出来事を話し合うほか、互いに干渉しない。子どもたちについて話し合うこともない。「わたし」はそんな毎日に満足している。物語は、そんな夫婦ののどかな日曜日の光景からはじまる。

生前作家と親交があったオスカー・ヤン・タウシンスキは、ハウスホーファー文学における男性像を三つに分類《カテゴライズ》している。[15] 一つは恋愛感情というより友情に近い感情で妻に接する男性。この例には『一握りの人生』（一九五五）のアントンが挙げられよう。『一握りの人生』のなかで主人公エリーザベトとアントンのあいだでは「なかば兄弟のような geschwisterlich 愛情が交わされていた」と描写されている。[16] これとは反対に野生的・威圧的でプレイボーイ・タイプの男性。『壁紙の裏の扉』（一九五七）のグレゴール、前節でみた「ステラを殺したのはわたしたち」のリヒャルトがこの範疇にあてはまる。グレゴールについて、主人公アネッテは「あの人は、わたしが彼の内面生活に関心を抱こうなど露ほども思いつかなかった。というのもあの人自身そんなものに関心がなかったからだ」と日記に記す。[17] あるいは夫リヒャルトについてアンネは「リヒャルトは怪物だ。面倒見のいい家長、名声ある弁護士、情熱的な愛人、裏切り者、嘘つき、そして人殺しだった。」（W68）と語っている。

最後に「父親」。ハウスホーファーにとって自らの父親がそうであったように、父親は理想化されて描かれることが多い。『一握りの人生』における冒険家の父、そして『屋根裏部屋』の祖父がそれだ。『屋根裏部屋』のフーベルトは、この三つのうち最初のカテゴリーに入る。「フーベルトは堅実な家長を演じようとてこずった」(M30)。彼は理解ある夫として妻の趣味であるスケッチ画に興味を示す。「わたしが描くものすべてが彼の気に入った。それはわたしが絵を描き、彼にしてみればわたしが『趣味』と呼べるものを持っていることが好ましかったからである」(M123)。

しかし右の記述にすでにかすかに漂うアイロニーが示唆しているように、彼は妻に対してまったく寛容な夫ではない。「わたし」は二年間グラフィック学校に通い、絵本の挿絵など描いて生計の足しにしていたが、「フーベルトはわたしが金を稼ぐことをきらった。そんな額でもなかったのに」(M20)。彼は何よりも理性を尊重する人間で(M74)、「わたし」に「偉大なる秩序構築者(ein großer Ordnungsmacher)」(M58)と揶揄される。[18]

いまは平穏な、別の表現に言い換えればほとんど儀式と化した夫婦生活を送っている二人であるが、新婚時代は違っていた。「あの頃わたしたちは本当によくしゃべっていた。ありきたりのゲームのルールに従ってではなく、隠し立ても遠慮もなく、まるで遊び場で出会った二人の子供のように」(M81)。けれどもそれも長続きはしなかった。「あの頃のことは、いまの彼には正気の沙汰ではなかったWahnsinnらしかった」(M74)。イルメラ・フォン・デア・リューエはハウスホーファーの小説が『一握りの人生』に代表されるように、回想行為によって成立していることを指摘したうえで回想を「日常からの脱出」と位置づけている。[19] この作品でも祖父との幼年期と並んで新婚時代が、現在の「なかば生き埋めの生活」（ジークリット・ヴァイゲル）に対する「前史」として回顧されている。[20]
とはいうものの「わたし」の方も、現状を乱すことは望んではいない。

わたしはどんな時でも思考を排除することを習得した。わたしは最終的に会得した。人はこの術をぜひ習うべきだ。わたしは自分の人生を決してカオス状態に陥らせないためにそれに習熟せざるをえなかった。わたしはブルジョワの男性と結婚し、ブルジョワの家庭生活を営み、それにふさわしくふるまわねばならないのだ。夕方、屋根裏部屋でのひと時だけで、わたしの非ブルジョワ的逸脱は充分だ。（M 47）

そう、「わたし」は家の屋根裏に、家族の誰も入ってこない「自分独りのためだけの部屋」をもっている。独りきりになることができる部屋だけで「わたし」は充分満足している。そこで彼女は絵を描いたり、読書したり、物思いに耽ったりできる。彼女は自分の営みを「屋根裏部屋での思索 Mansardengedanken」と名づける。
とはいうものの、そもそも屋根裏部屋での生活も、ある絶対的な条件のもとで辛うじて成立するものであることを忘れてはならない。「わたし」自身がそのことをよく自覚している。彼女は書き記している、「わたしの屋根裏部屋での生活に関わる物事や思考は、絶対に家のほかの空間に侵入することがあってはならない。他のことではわたしは規則正しいわけではないが、この点だけは常に守っている」（M26）。フォン・デア・リューエが指摘するとおり、屋根裏部屋は「わたし」にとって日常生活からの避難所であると同時に、わたしを閉じ込める監獄でもあるのだ[21]。

「わたし」は現実生活に軽い反撥をおぼえつつも、結局は事を荒立てることを避けてきた。『屋根裏部屋』では「屋根裏部屋の生活」と「日常生活」の二つは、統合不可能なものであることが、あらかじめ主人公によって決定されている。そんななか、糊塗されてきた彼女の内面での分裂、すでに中年に達した表向き平穏な彼女の日常生活に無数に走っている亀裂を露わにする出来事が起こる。

手記の二日目、月曜日、ふだんだれからも手紙を受け取ることのない「わたし」宛に、差出人不明の黄色い分厚い封筒が届く。中からは二十年前「わたし」が療養先の狩猟小屋で書いた日記が出てくる。彼女は二十代の終わりに突然、原因不明の難聴にかかり（「医師は器官の上でなんら問題は認められないといった」（M57））、夫の手によって静養のため人里離れた山間の狩猟小屋に送られたのだった。

封筒を受け取った彼女ははからずも、自らの過去と対決することを強いられる。そのとき彼女がとった行動は象徴的である。

わたしには上の屋根裏部屋で過去の欠片を清算しなければならないことが分かっていた。自分自身の過去が問題だという感情はなかったが、どんな過去も清算すべき存在なのだ。それはわたしが

生涯耐え忍んできた、痛みを伴うプロセスだ。（M47）

なぜ「清算するliquidieren」などという、「わたし」にしては過激な表現が飛び出してくるのだろう？　その理由は、第一に彼女が難聴に陥るまでのプロセスにより、第二に聴覚を失ったままでの二年間におよぶ狩猟小屋での独り暮らしのあいだに起きたある出来事による。

先に記したとおり、新婚生活は「わたし」にとって幸福なものではあるが、そうした時間は長続きしなかった。ある夜、空襲警報を思い出させる消防車のけたたましいサイレンをきっかけに彼女の耳は聞こえなくなる。「ごく日常的な真夜中の消防車のサイレンだけで、わたしから聴覚が奪われるためには充分だった」（M201）。

すでに冷え切っていた夫婦生活。狩猟小屋での生活が始まってまだ間もない頃の日記に次のように記されていた。「若い弁護士が聾の妻を抱えて何をやっていけるというのだろう、いったい一人の男が聾の妻を抱えて。そしてわたしは小さなフェルディナントに母として何をしてやれるというのだ？」（M132）

夫が手配した猟師に世話／監視されながらの療養生活の中、散歩の途中「わたし」はある男に出会う。「男の印象は総体として美しいとか何かしら怖れを呼び起こすものというよりは、むしろ醜かった」（M140）。「彼があまりに絶望的に見え、また実際慰めのない表情をしていたので、わたしは微笑《ほほえ》もうとし、『おはよう』と言った」（M141）。「わたし」はこの男をXと呼ぶことにする。Xは「わたし」

に向かって、自分の身の上を語ることの許しを求める。もちろん「わたし」は耳が聞こえない。そのことを承知の上である（二人は、必要なことを筆談する）。

彼が話しているのか、叫んでいるのか、囁いているのかわたしには正確にはよく分からなかった。けれども彼はほとんどずっと叫びつづけていたのだとわたしは思う。彼の唇から言葉を読み取ることはできなかったが、彼が話していたのは恐ろしい事柄だったにちがいない。だれかが彼に犯した、あるいは彼がだれかに犯した罪、もしかしてその両方だったのだろう。（M169）

わたしは全身で身震いをした。（M170）

半年ほど経過して男はついに「わたし」に向かって次のように書く（筆談する）。「おれはここから姿をくらませなくてはならなくなった。一緒にきてほしい。おれにはあんたが必要だ。けっして後悔させない」（M209）。「必要とする」という単語には下線が引かれていた。それに対して彼女は日記に次のように記していた。「殺人狂であれ、他人を必要とするのだろう、とくに毎日、聾の耳に絶叫しつづけられるような相手が。」

次の日、一緒に逃げるよう迫ってくるXに対する恐怖心から、突如「わたし」の耳は聴こえるようになる。私はすぐさま狩猟小屋を後にし、ヴィーンの夫のもとへと帰っていく。

こうしてみると、なぜわたしが狩猟小屋で書いた日記を燃やさなくてはならなかったかが一目瞭然だろう。「日記」は、抑圧された「過去」であり、またXという男から受けた精神的暴力の記憶を呼び返すものだったのである。未知の差出人から届く手紙に記された「過去」は、「わたし」の唯一の避難場所である屋根裏部屋の安全をおびやかす存在なのだ。

さらに、男性による暴力によって聴覚が回復して、「わたし」は家父長的な家族生活に帰ることができたという事実に注目したい。家父長制社会の暴力によって聴覚を失い、同じような暴力によって回復し、家父長制社会に帰還する。「わたし」が男性社会に完全に包囲されていることを象徴している。

自宅に戻った「わたし」はあずけられていた息子――「もはやとうにわたしの子供ではなくなっていた息子」(M202)――を取り戻し、破綻のない日常生活を再開する。笑い声のない家庭。「わたし」は屋根裏部屋の生活に、そして夢の世界に空しく逃避する。

もし「夢みる」という職業があれば、わたしはとうに夢の親方になっていただろう。ひとがどう思おうと、わたしには、自分が生きていかねばならないこの世界で何も面倒を起こさないための天分だけはあった。それゆえわたしは順応しなければならず、順応があまりに苦痛なときはミステリー小説を読むことにしている。(M208)

次に引用する、過去の日記に記された、狩猟小屋でみた彼女の夢と対比してみれば、狩猟小屋と屋根裏部屋での生活が通底するものであり、ともに家父長制社会から隔離された場に見えながら、激しく侵蝕されていることが、すなわち両者が避難場所というより監獄に近いことが明らかになるだろう。

わたしは最近よく廃墟となった都市や、人がもはやいなくなり、荒れ果てた彫像のみ残る風景の夢をみる。わたしは一つの像から別の像へと歩き、像たちはわたしを白い虚ろな眼でみつめている。(M 98)

いま四十七歳になる「わたし」は現実社会に対する幻想を少しも抱いていない。「わたし」はこう記す、「男と女のあいだに生じる出来事すべては、奇妙なものであり、冷静な目で見れば理解不能なものだと、今日にいたってわたしは思う。けれども、それは間断なく起こり、人はすっかり慣れてしまって、そのことについて考えることももはやしない」(M 125)。

小説の末尾、一週間に渡って送り届けられてきた過去からの「日記」をすべて読み終え、焼却してしまった「わたし」に、突然それまで描こうとしても果たせなかった龍の姿が眼の前にありありと浮かんでくる。「その龍は、回復不能なほど傷ついているようだった」(M 214)。「わたし」が屋根裏部屋に上がり、龍の姿をより鮮明に思い浮かべようと、瞼を閉じるところで小説は終わる。

ヴァイゲルによれば、龍の殺戮は人間社会の安定、ひいては女性の馴致の象徴である。[22]ならばこの結末は、他のハウスホーファーの小説と同じように、家父長制社会に対する降伏もしくは容認を意味するのだろうか？　日記を読む作業を通じて、過去と対決することを強いられた「わたし」は、日記を燃やし、結局穏当な日常性へ、「家」への回帰を選択したのだろうか？

多くの読者には、『屋根裏部屋』の結末は「後退」にみえる。少なくとも新たな叛乱への決意など、どこにも語られない。

たしかに彼女が好んで扱ったモティーフは「家」すなわち家庭生活であり、大きな政治的・歴史的事柄は描かれていない。しかし、その事実自体が当時の女性が置かれていた布置を逆説的に、明瞭に象徴しているのではないだろうか。ボーヴォワールは次のように書いている、「すべての女性の歴史（物語）は男性によって作られてきた。Toute l'histoire des femmes a été faire par les hommes.」当時、社会全体に影響を及ぼし、記憶されるような「事件」を惹き起こすのは男性の側であれば、それを記録するのも男性であった。女性がその意思や欲望を書き残すことができた領域は私的な生活に限られていた。先に引用したボーヴォワールの「女は女に生まれるのではない、女になるのだ」という言葉を思い出そう。しかしそもそも女性は社会の文化的構造の中で、行為主体《エージェント》として「女」以外、「他の主体」になる選択肢など存在せず、その時代の「女性像」を甘んじて刷り込まれるよりなかった。男性中心社会では、女性は自らを差異化するための「他者」、一種の「不在」にすぎず、女性は男性と同等の「主体」ではなかった。市民社会の安寧を脅かし、この伝統的な女性の役割から逸脱しようとすると、彼女はしばしば破滅の道を辿ることになる。ハウスホーファーの最初の長篇『一握りの人生』の主人公エリーザベトがその一例である。そうした強固な因襲的生活の中で、女性は生き残るためには家父長制社会の歯車に自らを委ねる、つまりみずから家父長制社会の「共犯者」となることを強いられる。（ハウスホーファーの小説における「母親」は家父長制の代行者、しばしば父親より強圧的な執行者として登場することは、註記しておくべきであろう。）フェミニズム時代の文学ならば、ここで男女の役割、両者の関わり方に対して変更を要求したり、少なくともその既定の二項対立を相互侵犯し、「揺れ」を起こすような作品を生み出していたかもしれないが、ハウスホーファーの作品はそこまで踏み込むことはない。しかしハウスホーファーほど、女性が抱えることを余儀なくされる上記の矛盾、すなわち抑圧されつつ、かつ家父長制社会に対して共犯関係を結ばざるをえない実態を、その作品の女性群像をとおして、静かだがしかし戦慄するほど仮借ないまなざしで描き出した作家はいないのではないか。

このアンビヴァレンスがもっとも端的に露出してくるのが、「書く」という行為においてである。『屋根裏部屋』が、無名の「わたし」が綴る手記であることは既述のとおりである。

二―二　女性にとって「書く」こととは

ハウスホーファーのほかの小説にも認められる主題であるが、『屋根裏部屋』においても「記憶すること」と「忘却すること」が鋭く対立しながら、物語が進行する。書くという行為は、現代社会の暴力性を書きとどめる作業でもありえるが、また書くことによって封じ込める作業でもありうる。その反撥しあう両者の力学に引き裂かれながら、ハウスホーファーの主人公は葛藤を生きる。ポトゴルニクは書く作業を、この「分裂を自覚する所作」であると述べている。ゆえに小説において書くことはつねに「男の視線の届かないところで行われる。[23]」たしかに彼女の指摘は正鵠を射ているが、同時にハウスホーファーの時代にあっては書くという営為がまだまだ男性の手に握られていたことも忘れてはなるまい。女性が書く場合、自らの姿を男性的価値観で検閲する側面を伴っていたことも考慮すべきだろう。つまり「書く」こと自体家父長制社会との共犯に手を染めねばすまされないということだ。この点でも、ハウスホーファーの冷徹な自覚は徹底していた。

ところで『屋根裏部屋』の中では、書くことの意味について自己言及的な箇所はみられないが、他のハウスホーファー作品には散見される。たとえば「ステラを殺したのはわたしたち」がそうであることは、すでにみたとおりである。自殺したステラについて主人公のアンネは「わたしは彼女について忘れてしまう前に書いておかねばならない。」（S 54）と記す。

ハウスホーファーの作品の中でもっとも広く読まれている『壁』は、書くこととは何かをテーマ化した作品とさえいえる。主人公の「わたし」（『屋根裏部屋』同様名前はない）は従姉夫婦の山荘を訪れたのだが、朝起きてみると山荘のまわりはガラスのように透明な壁によって閉ざされており、壁の外では自分以外すべての人類は死滅していることを見出す。『壁』は、「わたし」がかろうじて生きていた犬のルクスとともに、ロビンソン・クルーソーさながら、この無人の山岳地帯で畑を耕し、放牧をおこない、狩猟をする単調な、労の多い日々の生活を農耕カレンダーのように綴った「手記」の体裁を持つ小説である。その舞台設定から、中性子爆弾によるカタストロフ後の世界を描いたSF小説と解釈されたこともあるようだが、むしろ男性がすべて死滅した世界で、自然界の中で家畜の世話や農耕をする「わたし」の「母性」に着目し、反-家父長制世界を描いたユートピア小説と読まれることも多い。主人公と「母性」の関係についてはここでは措いて、本論では「書くこと」というテーマに焦点を絞ろう。

この小説では冒頭次のように記される。「書くことが楽しくて書くのではない。正気を失うまいとすれば書かずにはいられなかったのだ。(中略)自分にこの仕事を課した理由は、暗闇をじっと見つめ、恐れることから身を守るためである。[24]」ただ独り残された人間として、紙と鉛筆のストックを睨みながら、彼女は長大な記録を書き続けていく。

じつはこの手記が書きはじめられた段階で、愛犬ルクスは死亡しており、主人公は文字通り独りぼっちなのだ。ルクスは、「壁」の内側での生活が二年ほど経過した頃、突然現れた「男」に、牝牛のベラとともに虐殺されたのだ。この不意の侵入者をそのとき「わたし」は手にしていた銃で即座に射殺する。

この殺人について、論者の解釈は分かれている。「わたし」の中の男性性の最終的な抹殺の象徴的行為として解釈されることもある。[25]「父親殺し」と呼ぶものもある。[26]いずれにせよ「ユートピア的女性社会への一歩」という見方である。他方で、このユートピア社会においても「殺人」という男性的行為から主人公は逃れることができなかった、としてユートピアの挫折を読み取る者もいる。[27]しかしいま、「書く」というテーマに即して考えるなら、エルケ・ブリュンスが、殺人という男性性を引き受けてはじめて「書く」ことが可能になったことを認めつつ述べた、次の指摘が重要になるだろう。

ハウスホーファーは、障害にもかかわらずその手記の中に女性の欲望のために場所を創造することに成功した。（…）書きながら文化革命を成し遂げようとする作者の試みは無血では実現しなかったし、最終的には失敗に終わる。けれども作品は、ユートピアの潜在的可能性、今とはちがう未来へのオプションとして何かしらを遺してくれた。[28]

「書いているときにしか生きている気がしないのです」というハウスホーファーが語った言葉も考えあわせると、[29]『壁』という小説は、書くという作業によって、ただ独り生き残った人類である「わたし」が旧来の男性像からも、封建的な女性像からも自由になって、まさに行為遂行的《パフォーマティヴ》に「女になる」物語だと読めるのではないか。

この点を考慮に入れた上で『屋根裏部屋』をもう一度読み返すなら、この作品自体が『壁』同様、一連の出来事が終わった地点から「わたし」によって綴られる手記であるというポイントが重要になってくる。ほとんどの研究者は主人公が龍のイメージを思い浮かべるところでこの小説が終了すると考えているが、そうではない。その時点を受けて「わたし」は新たに『屋根裏部屋』という手記もしくは小説を書きはじめるのだ。

『屋根裏部屋』にかぎらずハウスホーファーの小説の結末における現実への容認もしくは退行については先ほど触れた。抑圧的社会に叛旗を翻そうとしない主人公たちに留保をつけ、これをもって彼女の消極性を批判的に評価する者も少なくない。しかし当時の時代状況の中で、あえて女性として、主婦として「書く」ことを断念しようとしなかったハウスホーファー（とその主人公たち）のあり方にもっと積極的な意味づけをしてもよいのではないか？『ジェンダー・トラブル』の序文の中で、ジュディス・バトラーは、トラブルを起こしそうなものに対して、トラブルに巻き込まれた時の恐怖を予告し、トラブルを引き起こさないように脅かす体制の馴致システムについて触れているが[30]、「書く」という営みがまだまだ男性の主導権のうちにあった戦後間もなく、女性が「書く」という行為は、社会を攪乱する積極的——不穏な——意味を孕んでいた。今まで行為主体《エージェント》と見做されなかった女性が、男性社会に主体として立ち現れるというトラブル。しかしながらトラブルを起こした女性の側も、トラブルに陥り、自ら混乱状態になってしまうのであるが（バッハマンがその典型的な例であろう）。地方で日常生活の時間をやりくりしながら書きつづけていたハウスホーファーにとっても、「書く」という営みは、たんに日常からの脱出を意味するだけでなく、さらに現状に対する叛逆の側面を秘めていた。

さきほどボーヴォワールの「女は女に生まれるのではない、女になるのだ」という『第二の性』の一節を引いた。わたしは、この女に「なる devenir」という一語に肯定的な意味づけを与えたい。この「書く」と言う行為を通して、主人公たちが、社会の通念としての「女」になるのではなく、行為遂行的に、家父長制社会の下での雛型とは異なる「女」になっていく、そのプロセスをハウスホーファーの作品はテーマとしているのではないだろうか。

『屋根裏部屋』で、過去は抑圧されるのではない。いや抑圧できないものとして描かれている。抑圧しようとしても、過去はゾンビのように甦ってくる、「わたし」の狩猟小屋での日記が送り届けられてきたように。「わたし」が『屋根裏部屋』を書くということは、失聴時代の「日記」のように、この手記が未来の「わたし」の前に「四十七歳のわたし」として現前してくる可能性を覚悟した行為だといえる。あるいはこの手記の読者は世代を超えて、彼女の娘イルゼになっているかもしれない……。このように女性がいつまでも家父長制にがんじがらめになっている姿を、「わたし」は身をもって確信犯的に記録したといえるのではないか。「家庭」を維持していくために黙認されている虐げられた性としての女性の役割。そうした家父長制と共犯関係を結びつつ、おのれの犯罪性からも目を背けない「わたし」。「わたし」の手記『屋根裏部屋』には、彼女の生活に走る無数の亀裂が容赦なく綴られている。これはまさに世代を超えて反復されていく犯罪の記録であり、「書く」ことによってトラブルを起こし、攪乱しようとする試みに他ならない。

男と女の関係について、「それは永遠につづく戦争だ」と言ったのは第三章でみるバッハマンである。バッハマンの『マーリナ』の主人公が、ザルツカンマーグートでの社交会に打ちのめされ、ヴィーンに戻ってきて訪れるのがマーリナの勤める軍事博物館である。『屋根裏部屋』のフーベルトも軍記小説が好きで、日曜日ごとに夫婦揃って軍事博物館を訪れる。「わたし」は言う、「わたしはどんな博物館や美術館よりも軍事博物館が好きだ。軍事博物館で居心地よく感じられるなんて、自分でも少し不気味だ」（M 16）。この言葉は、「わたし」が家父長制と抜き差しならない「共犯関係」に陥っていることを彼女が自覚していることを象徴しているのではないか。

バッハマンは長篇『マーリナ』を、「解放された女性」の理想像を創造することができず、主人公「わたし」の人格が崩壊していく――「わたし」は住まいの壁の間に消えてしまう――プロセスとしてしか描きえなかった。それはバッハマンの非力が原因ではなかったのと同じように――むしろ「抵抗」の痕跡として読まれるべきであろう――、ハウスホーファーの『屋根裏部屋』の主人公「わたし」も、たしかに家庭（「家」）に回帰していくとはいえ、家父長制との共犯関係から決して目を背けようとしない点において、十二分にラディカルだといえるのではないだろうか？

おわりに

ここで主人公の「わたし」が、狩猟小屋で知り合った男Xに、彼の告白を一方的に聞く相手となるよう頼まれたエピソードをいま一度思い出そう。

このエピソードは両義的である。この男はあきらかに社会より排除された存在である。だからこそ「わたし」は身の上話を聞くことを承諾したのだろう。けれども、彼はそのことによって「わたし」に精神的暴力を加えることになる。弱者がさらに弱い者に暴力を加える。その代償として、彼女は聴覚を取り戻し、夫のもとに帰る。封建的な「夫」と野性的な「男」の暴力のなかで、前者を選ぶしか「わたし」には選択肢がないことが、この小説の問題意識の根底にある。

しかし、おそらく当時のオーストリア社会の抑圧性は、実はこの男の暴力的な語りのなかで明示的に表白されていたのではないか。けれども耳の聴こえない「わたし」には届かず、したがって作品のなかにそれと刻印されることもなかった。作家ハウスホーファーは、男性中心主義社会の問題性を記述することよりも、そのような記述では語りえない、あるいは届きえない暴力を見据えていたのではないか。すなわち「語られたもの」からはすでに失われてしまっている、「語り」の現場での恐怖がもたらす抑圧。『屋根裏部屋』というテクストはそれを意図的に書かなかった。

だとするならば、彼女たち（「ステラ」や『屋根裏部屋』の語り手の「わたし」であり、ハウスホーファー自身でもある）が自己検閲して書かなかったこと、また無意識裡に抑圧してしまったり、作者自身からも忘却されてしまった本音の思い——したがってテクストの表層には浮かび上がってこない——に、わたしたち読者が耳を澄ませることに、ハウスホーファーのテクストは注意をうながしていることになる。真理は書かれたものの「外」にある、というラカンの命題にならって、真理は「ステラ」あるいは『屋根裏部屋』という明示的に書かれたテクストの「外」にあると考えるならば、ハウスホーファー作品のテクストは、結果的にではあるかもしれないが、きわめてしたたかに、書かないことによって、家父長制の暴力を告発しているといえるのである。

注

［1］Mireille Tabah: Nicht gelebte Weiblichkeit. Töchter und (Ehe-)Frauen in Marlen Haushofers Romanen. In: Anke Bosse / Clemens Rithner (Hrsg.), „Eine geheime Schrift aus diesem Splitterwerk enträtseln…“ Marlen Haushofers Werk im Kontext. Franke Verlag, Tübingen und Basel, 2000. S.177.

［2］Elisabeth Gerstl: Herta Kräftner, ein Beispiel weiblicher Selbstaufgabe. In: Elisabeth Reichart (Hrsg.) : Österreichische Dichterinnen. Otto Müller Verlag, Salzburg und Wien, 1993, S.81.

［3］Sigrid Weigel: Die Stimme der Medusa. Schreiben in der Gegenwartsliteratur von Frauen. Rowohlt Verlag, Hamburg, 1987. S.33.

［4］Tabah, S. 178-182.

［5］もっとも、ハウスホーファーの作品のなかに強い政治性を認めようとする論者もいる。イルムガルト・レープリングは、ハウスホーファーの短篇「ステラを殺したのはわたしたち」について、主人公ステラの名前が意味する「星」と「ダビデの星」の連想からはじめて、精密かつ鮮やかな論述でオーストリアのナチス時代における傍観者的犯罪姿勢の寓話として、この作品を分析している。Irmgard Roebling: Wir töten Stella. Eine Österreicherin schreibt gegen das Vergessen. In: Marlen Haushofer. Christine Schmidjell (Hrsg.): Die Überlebenden: un veröffentlichte Texte aus Nachlaß; Aufsätze zum Werk. Kandesverlag, Linz, 1991. hier S.173-187.　また核開発競争が熱を帯びていた時代に書かれた長篇『壁』を、水素爆弾によって人類が滅んだあとの世界を描いた作品として読む例もある。

［6］Daniela Strigl: Marlen Haushofer. Die Biographie. Classen Verlag, München, 2000.

［7］以下、「ステラを殺したのはわたしたち」からの引用は次のテキストによる。Marlen Haushofer: Wir töten Stella und andere Erzählungen. S.53-101. (Deutscher Taschenbuch Verlag, 1990) 引用箇所は、「S」とこのテキストでのページ数を算用数字で示す。

［8］ショシャナ・フェルマン（下河辺美知子訳）『女が読むとき　女が書くとき――自伝的新フェミニズム批評』（勁草書房、一九九八年）、二四ページ。この節全体の記述にあたって、フェルマンの書物から大きな示唆を得たことを記しておきたい。なお、引用箇所中で山括弧で引かれているのは、Nancy Miller: Getting Personal (Routledge, 1991) からであると推測される。引用ページ数は示されていない。

［9］Carol Gilligun: Teaching Shakespeare's Sister—Notes from the Underground of Female Adolescence. In: Making Connections: The Revolutional Worlds of Adolescent Girls at Emma Willard School. ed. by Carol Gilligun, Nana Lyons, and Trudy Hammer. (Harvard University Press, 1990) pp.9-10. ここではフェルマン、二〇三ページより引用。

［10］「ステラ」のように、その手記自体が作品として提出されている例として、ほかに長篇『壁』(„Die Wand“, 1963) がある。また「家父長制の共犯者としての主婦」というテーマと「手記を書く」という行為が前景に現れた作品として、本論で取り上げた絶筆となった長篇『屋根裏部屋』(„Mansarde“, 1969) がある。

［11］おそらくこの不自然さこそがハウスホーファー評価を遅れさせる要因になったのだと思われる。ほぼ同世代のインゲボルク・バッハマン（一九二六〜七三）がすでに一九六〇年代初頭に短篇「ウンディーネ去る」などの作品によって、厳しく男性中心主義世界を糾弾し、また長篇『マーリナ』や短篇集『同時通訳』でも封建的

家父長制社会＝オーストリアに対するラディカルな批判を展開してみせたのに比べれば、ハウスホーファーの作品の結末はいかにも生ぬるいように映ったとしても仕方がない。さらに付け加えるなら、バッハマンが〔男性が支配する〕文壇で出世していこうという野心をあからさまに抱いていたのに対し、ハウスホーファーはシュタイアーでの田舎暮らしのかたわら、たまにヴィーンのカフェ・ライムントの文学サークルに出入りする程度であったこと。バッハマンがピーパー書店、そして『マーリナ』に関しては大手ズーアカンプからの出版にこだわったのとは対照的に、ハウスホーファーの作品はオーストリアの小出版社から刊行され、生前オーストリア以外ではほとんど読者をもたなかったことも要因ではあっただろう。

［12］Brief von Marlen Haushofer an Erna und Rudolf Felmyer. &. Mai 1961. Ästerreichische Nationalbibliothek. Zitiert hier aus der Arbeit von Christine Schmidjell: Zur Werkgenese von Die Wand. In Anke Bosse / Clemens Ruthner, ebd. S.42.

［13］Marlen Haushofer oder die sanfte Gewalt. Ein Gespräch mit Elisabeth Pablé. In: Anne Duden (Hrsg.): „Oder war da manchmal noch etwas anders?“ : Texte zu Marlen Haushofer. Verlag Neue Kritik, Frankfurt am Main, 1986. S.128.

［14］Marlen Haushofer: Die Mansarde. S. Auflage. dtv Verlag, München. 2002. 以下、本作品からの引用は「M」とこのテクストでのページ数を算用数字で示す。

［15］Oskar Jan Tauschinski: Die geheimen Tapetentüren in Marlen Haushofers Prosa. in: Anne Duden, ebd. S.141-166.

［16］Marlen Haushofer: Eine Handvoll Leben. dtv, München, 1998. S.145.

［17］Marlen Haushofer: Die Tapetentür. dtv, München, 1991. S.72.

［18］『一握りの人生』でも、夫アントン（トーニ）は一見理解ある夫にみえるが、妻アネッテを自殺未遂に追い込むほど、妻の内面に無頓着である。

［19］Irmela von der Lühe: Erzählte Räume –leere Welt. Zu den Romanen Marlen Haushofers. In. Anne Duden, ebed. S.73-106.

［20］Weigel, S.294. このヴァイゲルの著作における『屋根裏部屋』の分析は、二九四-二九八ページ。
［21］von der Lühe, S.84.
［22］Weigel, S.297.
［23］Lotte Podgornik: Erinnern und Überleben. Spaltung als weibliche Existenzform bei Marlen Haushofer. In: Reichart, S.51-76.
［24］Marlen Haushofer: Die Wand. dtv, München, 1996. S.7.
［25］Regula Venske: „Schriftstellerin mit der Seele eines Möbelpackers.“ Marlen Haushofer. In: Walter Buchebner Gesellschsft (Hrsg.) : Das Schreiben der Frauen in Österreich seit 1950. Böhlau Verlag, Wien und Köln, 1991, S.22-32.
［26］Wolfgang Schaller: „...einfach ein Unding...“ Die Männerbilder in Haushofers Werke. In Anke Bosse / Clemens Rithner, ebd, S.157-175.
［27］Elke Brüns: Die Funktion Autor und die Funktion Mutter. Zur psychosexuellen Autorposition Marlen Haushofers. In: Anke Bosse / Clemens Ruthner, ebd. S.25-38.
［28］Ebd, S.38.
［29］Vermutlich eine Tagebuchnotiz vom Januar 1967 oder 1968. Zitiert nach: Dagmar C. G. Lorenz: Biographie und Chiffre. University of Cincinatti, 1874. S.43.
［30］ジュディス・バトラー『ジェンダー・トラブル』（竹村和子訳、青土社、一九九九年）

第二章

娘時代の教育の代償

――マルレーネ・シュトレールヴィッツ『誘惑。』、ブリギッテ・シュヴァイガー『海の水はなぜからい』、ヴァルトラウト・アンナ・ミットグチュ『体罰』

第一節　マルレーネ・シュトレールヴィッツ『誘惑。』

一―一　はじめに

マルレーネ・シュトレールヴィッツ（一九五〇～）の最初の長篇小説『誘惑。』（一九九六）は、一見すると途方もなく通俗的な物語である。[1]舞台はヴィーン。齢三十のヘレーネは、夫が出ていったアパートに義母と娘の二人と暮らしている。夫グレゴールが家賃の支払いを彼女に請求してくるので、彼女は広告代理店で、興味ももてないパート・タイムの仕事をこなさなければならない。グレゴールとの諍《いさか》い。子どもの世話。なにかと問題《トラブル》を起こしてはヘレーネに泣きついてくる女友だちピュッピとのやりとり。そして、売れないスウェーデン人音楽家ヘンリクとの実りのない情事。いつ果てるともしれずつづく鉛色の毎日が、単調で息つぎのないスタッカートの文体で描かれていく。小説を読み進む読者の眼にあらわになっていくのは、女主人公の日々の暮らしにおける無能ぶりばかり。

この手のソープ・ドラマには読者も食傷気味だ。『ワイキキ・ビーチ』、『ニューヨーク、ニューヨーク』など挑発的な社会批判の芝居の書き手として、エルフリーデ・イェリネクと並び称されてきたシュトレールヴィッツが、なにゆえ小説のジャンルで、これほどまでに陳腐な物語を延々と三百ページも繰り広げてみせなければならなかったのか？　当世流行の「人間疎外」を描いた小説へのパロディのつもりだろうか？　才気煥発なシュトレールヴィッツのことだから、それも考えられなくもない。だがそれだけで話が終わるはずは、もちろんない。

本節は、この小説を「家族ドラマ」として、正確には「反‐家族ドラマ」として読んでみようという試みである。

一―二　破綻した家族の物語

『誘惑。』のなかに、主人公ヘレーネが愛人ヘンリクとともに、映画館でミケランジェロ・アントニオーニ監督の映画「赤い砂漠」を観るシーンがある。ヘレーネはこの映画に反撥しか覚えないのだが、にもかかわらず「赤い砂漠」の、モニカ・ヴィッティ演じる主人公ジュリアーナとヘレーネにはいくつか共通点が認められる。二つの作品とも、もはや破綻した家族の物語である。妻、夫、子ども。夫は妻に対する理解をまったく示さない。冷え冷えとした夫婦関係。寄る辺のない女の絶望。――このような相似はたしかに表面的なものにすぎないが、映画「赤い砂漠」と小説『誘惑。』の比較から、論を起こすことにしたい。

イタリア中部の工業地帯。「赤い砂漠」の、若い妻ジュリアーナはノイローゼ気味で、情緒不安定である。だが夫は仕事に忙しく、そんな妻を顧みようとはしない。ジュリアーナは、自分の人生は「空虚」で「底なしのような気がする」と独白する。そこへ夫の同僚コッラードが現れ、孤独と虚無に打ちひしがれているジュリアーナを慰める。ジュリアーナは彼の存在にしだいに惹かれていく。この点が、映画を観ていたヘレーネの気に障るのだ。

ヘレーネは眠たかった。彼女は座席に身をしずめた。彼女は映画の冒頭を見損なった。工場の施設に塗られたさまざまな調子の赤が明滅するのを、彼女はぼんやりと見ていた。彼女がもう一度目を醒ましたのは、女が小さな車に乗って狭い防波堤を海に向かって突っ走るシーンでだった。女は引き返すことはできなかった。ただ立ち止まるだけ。水際ぎりぎりで。彼女が車を降りたのは、突堤に違いなかった。外。男が駆けよってきて助けてくれるにちがいない。その瞬間からヘレーネはこの映画を憎みはじめた。女が夫の同僚を訪ね、こともなげに彼のベッドにもぐり込むシーンを見て、ヘレーネは映画館を出たくなった。暑かった。映画館は暑すぎだ。胃が痛くなった。うなじも。うなじから額へ頭痛が走った。頭のてっぺんがズキズキする。眼の後ろへと痛みが滲み出る。ヘレーネはスウェーデン人を見やった。彼は映画を熱心に追っていた。ヘレーネには傍らから、彼の眼が映画を追っているのがみえた。ヘレーネは自制した。彼女はまっすぐにすわり直した。規則正しく、深く息を吸う。呼吸法の練習だと自分にいいきかせた。彼女はそのままそこに座っていた。映画が終わるまで。映画が終わって、眼を瞬かせながら外に出たとき、スウェーデン人はいった。「すばらしいね。すごいな!」嘘、嘘、嘘。ヘレーネは思った。彼女は何もいわなかった。全部嘘っぱちだと、どう説明したらいいだろう? あるいはなにもかも図星だと。それだからこそ。(V 54)[2]

一見似たような人間関係の男女だが、ヘレーネの愛人ヘンリクはまるで頼りにならないばかりか、事あるごとに金の無心をしてくる。それどころか肝腎なときにヘレーネがいくら電話で呼び出そうとしても、なぜか不在である。困ったときにコッラードに救われるジュリアーナとは、まるで正反対である。

しかし、そればかりがヘレーネの苛立ちの原因ではない。ジュリアーナが人生の倦怠について空疎な愚痴をこぼしていられるだけ、生活のやり繰りには困らない身分であるのに対して、ヘレーネは日々の生活のために働かねばならない。彼女には人生について哲学を独白している暇なぞないのだ。ヘレーネの嫉妬の原因はそこにもある。（もっともヘレーネ自身はヴィーンの高級住宅街ヒーツィングに生まれ育ち、何不自由ない幼年期を送ってきたことは指摘しておかねばならない。この点については後で触れる）

一―三　家族というファンタジー

ここですこし回り道をして、そもそも「家族」とはなにかを確認しておきたい。それというのも、「家族」という語は意外に定義がむずかしいからだ。

「家族」という語を思い浮かべるとき、同じ一つの言葉から「家族 family」と「家庭 home」という二つのニュアンスを微妙に使い分けていることに思いいたる。「家族」の方は、夫、妻、子どもといった構成員そのもののこと。一方「家庭」の方は、個人的な「親密空間」が含意され、いわば at home な「雰囲気」を指す（フランス語では「家族」を表す famille と、「打ち解けた」を表す familier は同根である）。この「家族（構成員）」と「家庭（場）」の二つが合わさってはじめて近代市民社会の「家族」が成立する。――ごく乱暴ではあるが、さしあたってこのように定義しておこう。婚姻などによる社会契約、本人どうしの自由意志、あるいは情愛によって成立するのが近代の家族であり、「一族」を単位とする中世の大家族とはこの点で異なる。

近代市民社会の成立と核家族の誕生について、またその過程における国家（国民国家）権力の私的領域への介入、公的領域と私的領域の分化と、それに伴う家父長制の強化などについては、すでに詳しく論じられているので、ここではそうした側面については立ち入らず、ただつぎの点のみを確認しておきたい。すなわち、人がたんに寄り集まって生活しただけの空間は「家族」とは見做されない。自由な契約による家族の成員が、互いに対して精神的絆を抱いているとき、はじめて「家族」が成立する。この情緒的側面が、近代家族が成立するための必須条件である。

この精神的絆は「家庭」を拠り所となし、それによって家族はいわば社会に対する避難所《アジール》として機能する。資本主義社会／工業社会の発展は、公的領域 public domain と私的領域 domestic domain の区別を鮮明にしたが、それに伴って、男性が担う「外」の仕事に対する避難所としての家庭の存在感が強調され、「家族の団欒」、「幸福な家族」のステレオ・タイプなイメージと、「内」すなわち家庭を守る女性像が増殖されていく。

絵に描いたような幸せな家族の図は、じつは『誘惑』のなかにも登場する。

最初にヘレーネに見えたのはピュッピだった。ピュッピはソフィーの手を引いて建物の裏手から現れた。ふたりはテラスの手すりの方へと歩いてきた。ヘレーネは手を挙げて、ピュッピを呼ぼうとした。ピュッピは日なたのテーブルのそばに立っていた。グレゴールがソフィーの乳母車を押してやってきた。ピュッピは乳母車を隅まで引いていき、ピュッピの向かいに座った。ソフィーはなにか大声で昂奮した様子で頼みごとをしていた。グレゴールは立ち上がり、乳母車のポケットから動物のぬいぐるみを取り出した。彼はぬいぐるみをソフィーに渡した。彼はなにかいった。その後ボーイが三人の姿をさえぎってしまった。ヘレーネは立ち上がり、レストランの方へと歩いていった。壁際のテーブルの方へ視線を向けまいとつとめながら。（V152）

乳母車に小さな子を連れてヴィーン市民公園を散歩する夫婦。たしかに美しい一幅の絵のような家族団欒の光景である。ただ、この父親とみえた人物がほかならぬ主人公ヘレーネの夫グレゴールであり、女の方は自分の親友であると頼んでいたピュッピであったとすれば、趣はまったく異なる。ヘレーネが夫の浮気と親友の裏切りを見せつけられて激しいショックを受けるシーンに、わざわざこのような場面を選ぶところに、作者シュトレールヴィッツ一流の痛烈な風刺精神を感じる。通常われわれ読者が物語を読んでいて、心和むはずの幸福な家族の図が、ここでは主人公にとって地獄絵になっている。

さて、家庭内での一体感に基づく「幸福な家族」という概念もまた近代のフィクションにすぎないことは言うを俟たないが、「赤い砂漠」が制作された一九六〇年代頃までの家族ドラマでは、家族になんらかの危機が襲い——父親の浮気、母の病気、子どもの死。あるいは家計の破綻など——、それをきっかけとしてバラバラだった家族の構成員どうしが自分たちのアイデンティティと絆を再確認し、家族が力をあわせて危機を克服し、家族として再出発するというパターンのものが多い。

だが、産業構造の変化に伴い、「職場＝外」、「家族＝内」などという境界線は截然とは引けなくなり、「内」へと向かう求心力も自然と低下する。なにより「家庭」がもつ親密空間 intimacy が崩れていく。家族どうしを互いに結びつけていたはずの「家族というファンタジー」の魅力は急速に色褪せ、家族を維持しようとする求心力、家族の連帯感は希薄になっていく。七〇年代には家族の危機が恒常化し、家族の崩壊が至るところで発生する。当然「家族」をめぐる物語にも変化が生じる。

一—四　家族をめぐる葛藤の不在

ここ数十年のあいだに、ありとあらゆる種類の「解体した家族のドラマ」が描かれてきた。突然だれかが家を去る。家族に走る亀裂……。離婚した両親と子どもの愛憎劇にはじまって、性生活の歪んだ中年夫婦、近親相姦、家庭内暴力など。逆に血縁など従来の意味での家族の構成員ではなかった人たちが寄り集まって一つの「家族（擬似家族）」を形成しようとする物語もある。このような家族像の変遷は、家族をテーマとした小説、家族ドラマにも如実に反映されている。

ハプスブルク帝国時代の小説、たとえばアルトゥール・シュニッツラーやシュテファン・ツヴァイクの場合なら、夫または妻の情事の露見は、おのれの地位を脅かすだけでなく、家名を傷つけはしないかという不安へと直結するだろう。ここで重要なのは、家族というより家系、「家」である（ローベルト・ムーシルの短篇集『合一』のような例外も存在するが）。戦後に活躍したインゲボルク・バッハマンは、自由な関係の男女を描くことはあっても、いわゆる「家族」が焦点となる作品をほとんど残さなかったことで特筆に値するが、女と男のあいだの「戦争」を描いたバッハマンにすれば、「家族」という枠組み自体、負の存在でしかなかったにちがいない。

しかし、そんな彼女が晩年に著した「湖に通じる三本の道」（一九七二）では、珍しく家族が登場する。反目しあう父と弟のあいだで主人公エリーザベト・マトライはなんとか仲裁を試みようとする。それは緊張関係にある彼女自身と父親、さらに自分の生まれ故郷との和解になるはずであった。しかし世界を飛び回るジャーナリストのエリーザベト、ロンドンに住む弟、そして故郷クラーゲンフルトで老いを迎える父、この三人をひとつの家族へとふたたび結びつける絆はない。

バッハマンの作品が一九六〇年代から七〇年代にかけてのサンプルだとすれば、さらに時代が下って、八〇年代から九〇年代にかけての作品から、第四章で取り上げるエルフリーデ・イェリネクの『欲望／快楽』（一九八九）を例に採ってみると、ここで登場する夫婦とは名ばかりで、工場長の夫は性欲のおもむくままに妻を陵辱し、妻もまた家庭を抜け出し、行きずりの情事に身を任せる。『欲望／快楽』では、もはや「家族」などという枠組みは、町の工場主である夫にとって世間体程度のものであって、エイズが流行するなか安心してセックスができる場でしかない。

しかし立て直すにせよ、破壊するにせよ、いずれにしてもここでひとつの「家族」というフィクションを前提としたドラマが成立している点ではちがいはない。家族の再生を描こうとした小説は言わずもがな、家族の破綻、崩壊を描いたドラマでさえ、寒々とし、崩壊の一途をたどる一家を前にして、その構成員のだれか（息子、娘、母、父ほかだれでもいい）が、家族というフィクションの枠をなんとか引き止めようと試み、その努力が挫折し、むなしく潰えるところに、小説の力学を求めていることが多い（イェリネクの小説では、最後の場面で、夫のような男性を再生産しないため、妻（母）は息子を扼殺する）。ここでは、現在では機能せず、もはや幻想の残骸でしかない概念である「家族」が儚くも夢みられ、登場人物を一時的にせよ縛るのである（ふたたびイェリネクの例をみるなら、ゲルティは「人形の家」のノラのように家を去ることもなく、また自殺することもなく、主婦の地位を棄てることはない）。

この点においてシュトレールヴィッツの『誘惑。』は、無味乾燥な世界を読者の前に現前させつつ、「家族幻想」を徹底的に排除していることによって、一線を劃している。ここでは、いかなる家族ドラマを成立させるような感傷も周到に取り除かれている。イェリネクのような、徹底的に「家族」を批判して描くようなヴェクトルさえもない。

『誘惑。』をして、「家族ドラマ」たらしめなくしている要因は、なにより主人公ヘレーネの性格にある。おおよそ家族を「家族」として成り立たしめるはずの情緒的愛着、情愛がヘレーネという人物にははじめから欠けているのだ。たとえば夫グレゴールの理不尽な言動に対して、衝動的に怒りを発散することはできても、それをまっとうな方向――たとえば家族を危機に陥れた者への怒り――へと向けることはなく、ただその場で蕩尽されるだけなのだ。妻として、母としての葛藤もない。したがって家族ドラマを発動させる動因が根本から欠如している。そもそもヘレーネにとって「家族（のぬくもり）」という意識は、形骸化しているどころか、その無感覚 Apathie ゆえに元から意識さえされない。

端的にいって、ヘレーネは「愛」あるいは「愛情」と、他人への「依存」を混同している。すくなくとも愛人ヘンリクへの接し方を見れば、彼女がけっして彼に対して愛情をもっているわけではないこと、愛の対象が他ならぬ彼である必要がまるでないことは一目瞭然である。必要なときに自分の喜怒哀楽をぶつけられる対象が必要なだけなのだ。ヘレーネは「男」に執着するひとりの三十女のステレオタイプ以外の何者でもない。

このことは、別の表現を使えば、自己の未成年 Unmündigkeit といえるだろう。成長の過程において、自己と他人の区別――とりわけ感情面の――を意識するはずなのだが、ヘレーネの感覚にはこの区別が欠けている。ヘレーネの子どもに対する接し方からもそれは看て取れる。他者との未分化は、裏を返せば、自分の主体性の欠落、情緒的感情の欠落に由来する、他人とのコミュニケーションの不在である。

さらに目につくのは、彼女の衝動性、気まぐれさ launisch 加減であろう。一例を挙げれば、ヘンリクからの電話を一日中待ち侘びたり、逆にひっきりなしにかけたりして、そうかと思えば電話線を引っこ抜いてしまったり。ああ考えていたかと思えば、つぎの瞬間にはもう別のことを考えている。小説の文体の上でも、そんなヘレーネの性格を反映して、接続法の非現実話法が頻繁に用いられる。「あの時、もしああだったら、こうだっただろう……。」ヘレーネのとりとめもない空想が随所に顔を出す。

ではヘレーネには「家族」という概念がまったく欠けているのか、といえばそうでもない。だがそれはきわめて俗物的《キッチュ》な家族の幸福像にすぎないのだが。「ヘレーネはプラーハへの旅のことを思い出した。グレゴールといっしょだった。そのとき彼女ははじめてこの景色のなかをドライブしたのだった。まっすぐな道。丘を越え。丘を下り。咲き乱れる桜の木の下を通り抜けて。ふたりはあのころまだ結婚していなかった。あのとき彼女はどんなに幸せだったことだろう。幸せで我を忘れんばかりだった」（V114）。厳格な裁判官を父に、ヴィーン屈指の御屋敷街ヒーツィングでしつけられたヘレーネは、小さいころから典型的な、そして空疎なブルジョワジーの家庭像を刷り込まれていて、それを反復することしかできないのだ。

彼女には結局、「家族」とはいかなるものかの実感がない。「家族」とはなにかが分からないのである。小説の最後の方にこんな場面がある。「彼女たちは靴屋のショーウィンドウの前に立った。ヘレーネは、自分たちがどんな風にガラスに映っているかを見た。なんて家族なのかしら。ヘレーネは思った。こうなるよりほかなかったのだろうか。それで、これが自分の責任だとして、ほかになにができただろう。それともなにかすべきだったのか？」（V245）

ヘレーネにとっては、子供のころも、大人になっても家は家庭 home ではなかった。家族の構成員が「家族」であるための互いの適度な距離感もない。まるで剝き出しのまま「他者」に晒されている。もし親密空間の破砕（のプロセス）が現代の家族ドラマの姿であるとするならば、すでに親密空間が失われてしまった以後の世界を描いているのが、マルレーネ・シュトレールヴィッツの『誘惑。』だといえる。

思えば家族の崩壊もすでにひとつのドラマだ。家族内での強烈な愛憎こそが家族ドラマの求心力だからだ。だがシュトレールヴィッツの小説には、家族をめぐる葛藤はない。その意味で『誘惑。』は「反-家族ドラマ」と呼ぶことができるのではないだろうか。

次節では、時代をさかのぼって一九六〇年代の市民家庭を描いた小説を読んでいく。家族像の変遷が、市民としての規範の形骸化、空疎化だとしたら、そうした家庭で生まれ育った子ども（娘）は、フィクションであるとはいえ模範となる家族像ももたないまま大人になり、自分が家族をもったとき（妻そして母になったとき）に狼狽することになる。

第二節　ブリギッテ・シュヴァイガー『海の水はなぜからい』

二-一　読み継がれている作品、忘れられた作家

「善良な市民でいるのよ、善良な市民でいることが何より大切なの」と両親の寝室の鏡の前で祖母は力をこめて言った。慰藉も平穏もなにもかもこの一言に回収されてしまう。「善良な市民でいなさい」。「チャックが締まらない。」「暑い、窓を開けて。空気を通さないと。」母は服に体を無理に押しこんでいる。「布がチャックに引っかかるんだ。いつもこの布だ」と父が言う。「これはそこらの布切れなんかじゃないんですよ。上質の素材なんですから」と祖母。指で布をこすりながら、「どうしていつもこうなのかしら」と母は文句を言う。母はこの服をこれまで一度だけ、祖父の葬式のときに身につけただけだった。「とてもエレガントよ」と祖母。父はイライラしている。もう一時間前に支度をすませていた。昨日のうちには床屋で髭剃りまでさせて。（W7）[3]

ブリギッテ・シュヴァイガー（一九四九〜二〇一一）のデビュー作『海の水はなぜからい』（一九七七）は、結婚式を迎えた花嫁一家の朝の一場面からはじまる。いささか滑稽ささえただようこの状況をとおして、主人公の「わたし」が家族に、そして彼女が暮らしてきた故郷の町に対して、息苦しいまで

の違和感を覚えていることが示唆されていく。「さぁおいで、と父が言う。なにか考えごとでもしているのか？／なんですって、考えごと？　わたしたちは行かないと電話して伝えることができたら。いつか後で。でも今日ではない。よく考えてみた。こんなはずじゃない、わたしはこんなこと望んだことはないし、あなたたちはわたしをだましたのだから。形式にすぎないから、とあなたたちは言った。そしていまやすっかり興奮している。深刻ぶって、みんなわたしに腹を立てている。おまえは心配しなくていいんだよ、とあなたたちは言った。これはしきたりにすぎないんだから」（W９）。「今日の客たちは、祖父の葬式のときいっしょに会食した顔ぶれとまったく同じだった」（W21）。

「わたし」の父は医師で、住人を「自分の患者である善良な者」と「患者でない悪しき連中」に分類するような存在である（W38）。「学校でヴィーンに通うようになって驚いたのは、ここでは誰も父のことを知らないことだった」（W39）。娘であるわたしは結婚によって親のくびきから逃れ出ようとする。しかし結婚生活は期待とはかけ離れたものだった。『海の水はなぜからい』は、「わたし」の結婚生活のはじまりから、その無残な破綻までを一人称の「わたし」の視点から描いた物語である。

主婦としての日常生活。主婦業にとまどい、理解のない夫に失望し、浮気に走り、妊娠、堕胎、そして自殺未遂を惹き起し、精神科に通院する。あまりにも通俗的としかいいようのないこれらの筋書きから、社会の抑圧的な構造が浮かび上がってくる。市民社会の俗物性、権威主義、不寛容さ、拝金主義が、両親そして夫の言動をとおしてこれでもかというくらい並びたてられる。

この作品は一九七七年二月に出版されるやいなや、たちまちベストセラーに躍り出て、たちまち十五版を数えたという。売上はデビュー当時のギュンター・グラスと比較されたほどだ。[4] 同時に「好ましくない本」のリストにも挙げられたこの作品は、版元を変えながら今日まで読み継がれている。『海の水はなぜからい』は、なにゆえこれほどまで広範な読者を獲得したのだろうか。その理由を、オーストリア文学の潮流のなかで考えてみることが本節の目的である。と同時に、シュヴァイガーという作家――二〇一一年七月にドナウ川に投身自殺したと伝えられている。長年患っていた鬱病が原因だったようだ――が、今日ほとんど忘れられた作家になっている原因についても考察することになるだろう。

二―二　女性の視点からの文学

名前のない「わたし」を主人公として、一人の女性の半生を語り紡いでいく手法で書かれたこの作品は、発表当初こそ「わたし」とシュヴァイガー自身の来歴の類似性から、みずからの離婚歴を赤裸々に告白した書としてセンセーショナルに取り上げられたこともあったが、まもなく結婚、正確にいうと失敗した結婚を描いた小説として冷静に評価されていく。

女性の一人称による小説は当時数多く書かれていた。書評で比較の対象に挙がっているのは、カーリン・シュトルックをはじめヴェレーナ・シュテファン、ウルズラ・クレッヘル、ゲルトルート・ローテンエッガーなどである。この時代の空気をシュテファンは『脱皮』（一九七五）の序文（一九九四年執筆）で次のように説明している。

わたしたち女性は、自分たちの身体、自分たちのセクシュアリティ、セクシュアリティの解釈のエキスパートである、というところから出発しようと決意していた。自分たちの精神、心理、夢、夢の解釈のエキスパートであり、自分たちの創造性と生産性のエキスパートだ。こうしてわたしたちはお互いに語るようになった。わたしたちは女性の体験を新たに定義し、世界がわたしたちにとって何を意味するのか固有の言葉で語りはじめた。[5]

自分の個人的な体験を肉声で書くことが、すなわち現実を書くことであるという文学観は、「個人的なものは政治的なものである the private is political」というフェミニズムのスローガンと軌を一にする。主観的であることが、語りの信憑性 Authentität を保証してくれることになるのかは、本論でも後ほど議論することになるが、女性の体験を一人称で語った文学作品がつぎつぎと現れた事実は、シュテファンも述懐するように、理不尽な社会に抑圧され苦しんでいた女性読者の空腹感をみたす存在だったからであろう。当時、女性の視点からありのままの生活を描いた作品がほとんどなかったことが女性の飢餓感を生み出していた。匿名の「わたし」による語りというスタイルは、女性読者にとって感情移入を容易にし、作品のなかの「わたし」に自己同一化していったのだろう。「わたしは何千といる同じ立場の人のうちの一人にすぎない。女性たちすべての事柄はわたしの事柄だ」とシュテファンも述べている。[6] さらに、女性が自らの個人的な思いを「文学」という、男性が優位を占めていた制度のなかで表明していく姿勢は、いまだ家父長的な社会を耐えていた彼女たちの共感を呼んだのだった。

このような女性文学の流行のなかでシュヴァイガーの作品も書かれ、読まれていったのは疑いない。しかし『海の水はなぜからい』を同時代のほかの作品と十把一絡げに解釈してしまうだけでは、この作品の特徴を見落とすことになる。

二―三　大人になりそこなった女性の物語

『海の水はなぜからい』は、先述したとおり結婚を「脱出不可能な監獄」(W 19) と呼ぶ語り手の「わたし」の家庭生活を描いた作品である。女性が社会で置かれている実態。日々繰り返されている状況。

「わたし」は当初結婚に素朴なあこがれを抱いていた。「なんともわくわくすることだった。彼がわたしに結婚してくれないかと言ったとき、『人生がはじまる』とわたしは思った。結婚を申し込まれた人間にわたしも仲間入りできる。わたしは早くそうなりたかった」(W 151)。しかしふたを開けてみれば、「わたし」を待ち受けていたのは苦い現実だった。「『職業、主婦』とわたしの新しいパスポートには記載されていた。まだ『のろま』と書かれた方がましだった。『髪、染めている。眼、茶色。

その他の特徴、とくになし』そうパスポートにはあった。それにしても、人の特徴をひと目で看て取れるわけがないだろう。『特徴、だらしがない、えこひいきをする、ひとに感謝しない、役立たず、非現実的、陰気くさい、不満げ、怠け者、生意気。』（中略）わたしはわたしでなくなった。わたしはロルフの妻だ」（W 42f.）

医者である夫ロルフはどのような男か。「日記をつけているのかい？　ロルフはほほえむ。日記をつけたいってどうして言わなかったんだい？　きみに本物の日記帖を買ってやるよ。鍵の付いたやつ。そしたらきみのささやかな秘密なんかをぼくから隠しておけるだろう」（W 64）。高校時代からの付き合いだったロルフが結婚前に「わたし」にかけた言葉。「彼は言った、きみはぼくを退屈させない唯一の女だよ。わたしはロルフなしでどうしたらいいのか分からなかった。それは考えなくてもいい、今やきみにはぼくがいるんだから」（W 12）。ロルフは「わたし」をあくまで子ども扱いする。「きみと政治の話をするには、もっときみが成熟してからだな」（W 36）。

こうしてみれば、この小説は男性が優位な社会に生きる女性の屈辱を描き、女性（妻）に押しつけられた役回りを演じることに対する「わたし」の抵抗の物語にみえる。「（前略）主婦には想像力なんかいらない。家事にはむしろ危険だ。女は男のような想像力は育めない。そして男は想像することを拒絶するから夢みることなぞしない。だからわたしが独りで夢みることは道徳的にも正当化されない」（W 127）。結婚生活のなかで「わたし」は現実に適応できずに腹を立て、迷い、懊悩する。ところが結婚に不満をつのらせ、ついに離婚を決意した主人公は、独りで生きていく道は選択せず、なぜか両親のもとへと戻るところで小説は幕切れとなる。浮気においても、社会に絶望しアルコール中毒になった相手には早々に見切りをつけ、夫のもとへ、結婚生活へと帰ってしまう。それについての説得力のある説明はない。

主人公は、結婚制度に対する対案を積極的に提出しようする姿勢をみせない。ただ出来事に対して受け身なだけの「わたし」に対して批判を受けると、作者シュヴァイガーは、彼女の故郷、そしてフランコ将軍統治下のスペイン――小説では夫はロルフというオーストリア人医師に設定されているが、シュヴァイガーの実際の夫はスペイン人将校で彼女はしばらくスペインに暮らしていた――で女性が置かれた状況への怒りがこの本を書く動機になったのだと反論した。[7] なるほど、女性差別だけでなく、ナチスやカトリック教会のメンタリティーを色濃く残す社会、ユダヤ人蔑視が温存され、またソ連と共産主義への恐怖と憎悪（作品中、六八年の「プラーハの春」とその後のワルシャワ条約機構軍の侵攻と、第二次世界大戦末期の赤軍のオーストリア侵攻が描かれている）が平然と表明される社会の息苦しさや嫌悪感が作品のなかには滲み出ている。

とはいえ『海の水はなぜからい』は現実の結婚生活への不満の表明ではあっても、新しい世界秩序を打ち立てようとする書ではない。結婚制度や異性愛そのものが否定されるわけでもない。主人公の「わたし」はけっして新しいノラではないのだ。この点で左翼学生運動を題材にしたカーリン・シュトルックのデビュー作『階級愛』（一九七三）、男性中心主義批判を文体のレベルまで徹底したヴェレーナ・シュテファンの『脱皮』（一九七五）の尖鋭な問題意識をシュヴァイガーの『海の水はなぜからい』は共有しているとはいえないのだ[8]。

シュヴァイガーのベストセラーの特徴は、この主人公の無力さ、無能ぶりにあるといっては語弊があるだろうか。『海の水はなぜからい』は、少女時代に家父長的な価値観を叩きこまれたために、成人してのちも、封建的な社会に強い反撥を感じながらも具体的な反抗の手立てを見つけられない女性像を扱っている。親たちの歪んだ教育によって、大人となった女性が、いびつなかたちでしか人格形成をおこなえず、新しい人生を踏み出すことができないというテーマに目を向けてみると——後述するイェリネク『ピアニスト』、ミットグチュ『体罰』など——、一九七七年に書かれたこの作品は、まさに大人になりそこなった女性の物語として読むことができる。冒頭のシーンに端的に表れているが、「善き市民であること」を叩きこまれたあげく、市民生活に強い反撥心を抱いていたはずの女性が、なにゆえ簡単に結婚生活に足を踏み入れるのか、自立した思考ができずにもがくのか、そして離婚の後両親のもとへと回帰してしまうのかがはっきりする。『海の水はなぜからい』はカトリックの伝統が強く、ナチスして（おそらく裏切って）、はからずも『海の水はなぜからい』はカトリックの伝統が強く、ナチスのメンタリティーを引きずる戦後オーストリア社会の教育のひずみを描いた小説になっている。時代の設定は七〇年代だが、病巣は五〇年代の「わたし」の幼年期の構図にあった。このように理解すると、小説のタイトルにもなった「海の水はなぜからいの？」という問いかけが持つ意味合いも変わってくるだろう。

海を最初に見つけたら、アイスをもらえるんだぞ、と父は言う。わたし、わたしには海が見えるわ！　どうして海の水はからいの？　母は笑う。漁師さんが海に出て、と父は言う、包みから波のあいだにまんべんなく塩を撒くからだよ。母はほほえみわたしを撫でる。（W 36）

絵に描いたようなブルジョワジーの暮らしぶり。そして小説の幕切れはこうだ。

この写真は明日新聞に載るんだ、と父は言った。わたしはすばやく父のもとに座る、足をそろえて、父のそばでじっとこんなに幸せでわくわくしながら恥ずかしくなりそうで。お父さんといっしょに新聞に載るんだ！　だが父はわたしにおとなしく写真を撮らせたかっただけなのだ。そして写真はアルバムに貼り付けられた。すべては罠だった。（W 160）

こうしてみると失敗に終わった結婚小説というよりも、一見平穏に見えながら抑圧的な家庭教育の結果を無残なまでに描ききった教育小説といえるだろう。親から教わったステレオタイプな男女関係を「わたし」（そして夫ロルフ）は無意識のうちに反復することしかできない。

母はわたしがすばらしい結婚をしたと喜んでいる。母は、わたしの父が母を理解していないという。祖母は、祖父には何かにつけ手を焼いてきたと言う。父は、祖母は祖父をまったく理解していなかったと言う。祖母は、父は母をもっと尊重すべきだと言う。父は、母が父を理解していないと言う。（W 88f.）

それでは自己形成に失敗した女性の物語として、この小説を片付ければすむのだろうか。「この作品は女性がいかにして消極性を仕込まれていくかを描き出している」[9]という評価はきわめて妥当で、それ以上でもそれ以下の作品でもない。

しかしシュヴァイガーは大まじめに、女性、そして主婦という役割をふり当てられた日常を舞台に、役と自身との亀裂に葛藤し、空虚な現実を嘆く人物像を造形している。ここで、もう一度一人称による語りという小説の形式について着目して考察を加える必要がありそうである。

二―四　「わたし」の探究と挫折の文学

刊行当初から『海の水はなぜからい』を「日常生活に対する検死解剖」と呼び、シュヴァイガーの執筆態度を「自己療養の試み」と捉える向きもあった。[10]たしかに語り手の「わたし」は、書くという行為によって自分が晒されてきた／晒されている現実がいかようなものかを究明しようとしている。[11]同時に自己認識そして女性としての自己解放の過程がこの小説であるといえる。[12]シュヴァイガーもしくは語り手の「わたし」は、書くことによって自分の生きる道を模索している。（ここで「わたし」

が作者シュヴァイガー本人と同一か否かはもはや問題とはならない。一人の女性が個人的な体験を語る意義を問うている作品である以上、両者を峻別することは重要ではない。）

個人的な不安感やフラストレーション、怒り、罪悪感を並べたてる「わたし」。現実に強い不満を抱きながら、結婚や家族制度にかかわる対案が提示されるわけでもない。それゆえこのような主人公像に対しては批判も寄せられた。「自己破壊的であっても建設的な提案はなく、ただ苦しむばかりで他人への同情はない。因習からの自由は求めても、それに伴う責任は引き受けようとしない」というのである。「他者への批判ばかりで、自己批判がない。主人公の成熟の過程を描いた作品ではない。」[13]しかし希望もなく、慰めもない状況に置かれた「わたし」の心境をありのままに書くという営為自体が文学作品としての存在理由を与えてくれると作家は考えていたのではないだろうか。女性の置かれた苦しい状況を、自分が追い込まれ、精神の危機へと至る姿を読者に突きつけることによって提示しようとするスタイルは、一つの文学の方法であるといえる。[14]オーストリアの女性文学の歴史のなかには、ついに完結した作品をまとめることのできないまま早世したヘルタ・クレフトナーをはじめ、インゲボルク・バッハマンしかり、九〇年代にはベッティーナ・ガルヴァーニの『メランコリア』が例証するごとく、「わたし」の探求と挫折の系譜がある。シュヴァイガー自身は、「自分が楽しみで文学を書いたことはない。むしろトーマス・ベルンハルトのように苦しみながら自己を吐露するのだ」と語っている。[15]

セラピーとしての文学。このような文学観は、しかしながら、はからずもシュヴァイガーが文学という制度自身は不問に附していることを明らかにしている。マンフレート・ユルゲンセンがシュヴァイガーを論じる際に際立たせているテーマが、「自己体験の文学化」である。[16] 多くの作家は、みずからの体験を虚構の文学に転化するという行為自体の問題性を作品の主題のひとつとして焦点を当てた。はたしてそれは可能なのか、いかにして可能なのかが意識的に、作品のなかで方法論として問われていた。それに較べるとシュヴァイガーの場合、文学という制度そのものへの問いは希薄だ。文学を素朴に、自己実現を可能にしてくれる器と見做している。このような制度としての文学への疑義の欠落がシュヴァイガーの作品の弱点になっているのではないだろうか。

文学は、社会の規範に対する抗議の声をあげるための有効な手段である。しかしそれと同時に、その規範を形成し社会に浸透させるための暴力装置でもあることを忘れてはならない。文学という制度の負の側面を逆手にとって、その暴力性を極限まで拡大して見せたのが、シュヴァイガーにつづく八〇年代に登場したエルフリーデ・イェリネク（一九四六〜）の『ピアニスト』（一九八三）やヴァルトラウト・アンナ・ミットグチュ（一九四八〜）の『体罰』（一九八五）だった。

第三節　ヴァルトラウト・アンナ・ミットグチュ『体罰』

『海の水はなぜからい』と同じく、幼年期からつづく厳しいしつけがゆえに成長しても健全な感性をはぐくむことができない女性を描いたのがヴァルトラウト・アンナ・ミットグチュの『体罰』である。

「お母さんのお母さんも、お母さんみたいだったの、と十二歳になる娘は風呂場の扉にもたれ、わたしが髪をとかす様子を見ながら訊ねた。この問いかけは、何年もの沈黙からいきなりわたしを襲ってきた。[17]」このように開始される『体罰』でも、農村で少女時代に暴行を受けて育ち、結婚したのちも夫からけだもののように扱われた母マリーが主人公の「わたし」にどのような仕打ちにおよぶのか、そして自らが娘に対して暴力を反復していくのかを冷徹に描いた作品である。

二歳になるわたしの娘を抱いて、十九歳のときに出たきりのドナウ川のほとりの古い家に帰ったとき、わたしは母の痕跡を見出した。洗濯場のドアの棒に絨毯叩きが掛かっていたのだ。地階の階段の途中に亜麻の前掛けといっしょに絨毯叩きは掛けられていた。十二年間手に触れられることなく、家の一部、わたしの一部、わたしの子供時代の一部、生涯にわたる不安の一部だった絨毯叩き。それはわたしに不安を呼び起こし、わたしを叩きのめすものだった。それを手に取ると、わたしのうちに強い不安が込みあげてきた。ぶたれることへの不安、突然襲いかかってくる体罰への不安が。（中略）わたしがぶたれるようになったのは、まだ小さいころだった。反抗期なんか我が家にはなかったと母はしばしば誇らしげに親戚に話していた。逆らったり、足を踏みならしたりしたら即座に芽のうちに摘みとらないと。わたしはおとなしく言うことを聞き、よくしつけられた子どもであること、ぶたれる子どもであることを誇りに思った。おねがい、おねがい、お母さんなんでもしますから、おねがいだから今度だけは、今度だけは許して。道に飛び出し、知らない人に助けを求めた。父にむかって叫んだこともある。砂利道のうえに膝をついて転がり、母の足にしがみついたこともある。何の役にも立たなかった。母はわたしをぶった。（中略）母を憎もうとは思わなかった。母を憎むことはわたしにはできなかった。母はわたしを愛してくれたたった一人の人だったから。母がぶつことに疲れ果て、息を切らしてへたり込んだら、わたしは『ありがとうママ』と言わねばならなかった。よく母は棒のように床に倒れこんだ。わたしは不安になって、体罰という重労働のせいで母が気を失わないように祈った。こんなに母につらい目をさせて、自分が罪深いと感じた。[18]

『体罰』でも第四章でみるイェリネクの『ピアニスト』でも、虐げられた女性の被害者としての側面と同時に女性の残虐性も容赦なく暴かれている。読者が登場人物の境遇に共感し、感情移入しようとすれば、ただちに彼女の残忍さをも引き受けざるをえなくなる点まで作者は計算済みである。もちろん主人公に対して作者は冷静に距離をとっており、安易な作者と主人公の同一視は許されない（両者とも、自伝的要素が指摘される作品ではあるが）。イェリネクもミットグチュも文学の虚構性に自覚的であり、戦略的に利用している。

そして淡々とした文体で描かれる吐き気を催すような暴力シーンの連続。文学という制度が表現のメディアとしていかに凄まじい破壊力を発揮しうるかをこれらの作品は証明している。

それに対して『海の水はなぜからい』はその対極に位置している。すなわち、その微温的な内容ゆえに多くの読者に受け入れられてきたのだといえるのではないか。まさに「わたし」が無力であるがゆえに、読者は心安く作品世界に身を浸すことができる。たしかに憧れを抱かせるような強いヒロインを読者は求めていたのも事実である。[19] しかし一方で、登場人物にだれもが「これはわたしだ」と感情移入できるからこそ読み継がれる作品も存在する。シュヴァイガーは文学表現のもつ急進性を回避し、自分が生き延びるために文学を利用する。セラピーとしての文学。作者は父親に自分を認められたい一心でこの作品を書いたという解釈もあるくらいだ。

シュヴァイガーの作品を「通俗文学」と切って棄てるかは、読者一人ひとりの判断に懸かっている。

注

［1］『誘惑。』の発表前に、シュトレールヴィッツは三作の小説を書いたというが、発表はされていない。

［2］本作からの引用は、Marlene Streeruwitz: Verführungen. 3Folge Frauenjahre. Suhrkamp Verlag, Franhfurt am Main, 1997 による。略号Vと、引用ページを算用数字で示す。

［3］Brigitte Schwaiger: Wie kommt das Salz ins Meer. 2.Auflage. Langen Müller Verlag, 2003.『海の水はなぜからい』の

引用は、本書から該当箇所のページ数を略号「W」とともに算用数字で示す。
［4］Hans Wolfsschütz: Brigitte Schwaiger. in: Kritische Lexikon zur deutschen Gegenwartsliteratur. KLG. S.2. 1992.
［5］Verena Stefan: Häutungen. 2. Auflage. Fischer Taschenbuch Verlag, 1999.S.8.
［6］Ibid. S.13.
［7］Aonymus: Worüber lachen Männer beim Urinieren? In: Profil, 1.3.1977.
［8］Helmut Schinage: Auf den Weg zur Selbstfindung. In: Präsident. 28.4.1977.
［9］副島美由紀「『無邪気さ』という装い——ブリギッテ・シュヴァイガーの作品世界」（オーストリア文学研究会『オーストリア文学』第九号、一九九三年）、三八ページ。
［10］Anonymus: Autopsie des Alltags. In: Darmstädter Echo. 21.3.1977.
［11］Andreas Roßmann: Eheszenen aus Oberösterreich. In: Mannheimer Morgen, 8.9.1977.
［12］N. Schachtisiek-Freitag: Beschäftigt durch Männlichkeitswahn. In:Deutsches Allgemeines Sonntagsblatt, 8.5.1977.
［13］Anonymus: Zuflucht im Zersetzen. Erlanger Tagblatt. 1.4.1980.
［14］Manfred Jurgensen: Deutsche Frauenautoren der Gegenwart. Francke Verlag. 1983. S.273-294.
［15］Rolf May: Bei uns geht nicht alles hundertmal durch den Kopf. tz-Interview mit der Schriftstellerin Brigitte Schwaiger. In: tz. 7.9.1978.
［16］Jurgensen, 281f.
［17］Anna Mitgutsch: Die Tüchtigung. Deutscher Taschenbuch Verlag, 1987. S.5.
［18］Ibid.7f.
［19］Stefan, S.26.

第三章

女性の言葉（声）の獲得をめざして

――インゲボルク・バッハマン『マーリナ』、「ウンディーネ去る」

はじめに

二十世紀後半のオーストリア、いやドイツ語圏を代表する作家インゲボルク・バッハマン（一九二六～七三）。彼女の評価を今日までゆるぎないものにしているのは、ナチズムや戦争――アルジェリア独立戦争やベトナム戦争といった、第二次世界大戦以降の戦争も含む――といった歴史的な出来事、戦後オーストリア社会、そして家族や恋人といった私生活の領域など、日常のあらゆるところに遍在する――遍在しつづけている――暴力をあばきだし、告発する作品がもつ力だろう。しかも作家バッハマンは、文学作品として社会を批判する際に、言葉がもつ力、言語の射程とその限界にもいつも意識的だった。ヴィーン大学で哲学を修め、ハイデガーに関する論文で博士号を獲得、職を得たラジオ局ではヴィトゲンシュタインについての放送劇の脚本を書いた、という彼女の履歴からすれば当然だと思われるかもしれない。しかし、バッハマンの言語批判・言語懐疑はローベルト・ムーシルやカール・クラウスといった二十世紀オーストリア文学の伝統の衣鉢を継ぐものであり、言葉に対する鋭敏な感覚は、今日のペーター・ハントケやエルフリーデ・イェリネクへと脈々と引き継がれている。とはいえ、家父長的な権威主義を舌鋒鋭く批判する長篇『マーリナ』（一九七一）の作者バッハマンの、フェミニズムの先駆的作家としての問題意識を看過することはできないだろう。

第一節　『マーリナ』

『マーリナ』はバッハマンが生前完成させた唯一の長篇小説である。女性である一人称の語り手「わたし」とマーリナという男性の相克を描いたこの作品について、生前作者であるバッハマン自身がインタビューに答えて、「マーリナは『わたし』の合理的で思考する側面であることがはっきりします」などと発言したことから、[1]マーリナは語り手のドッペルゲンガーであることが指摘されてきた。「マーリナは語り手の人格の理性的、活動的、自立した側面である」と述べたエレン・サマーフィールドの論文を嚆矢として、[2] マーリナを「わたし」の超自我、「わたし」に対する社会的判断の審級と見做して、たとえば精神分析理論を用いて『マーリナ』を論じる研究も数多く行われてきた。そのうえでマーリナと「わたし」の関係が「男性性―女性性」、「理性―感情（非合理）」、「生産性―自己破壊」などといった分かりやすい二項対立に分類されることもあった。このような類型化はあながち的外れなわけではない。しかしマーリナが「わたし」の超自我であると決めつけてしまうことには疑問の余地が残る。語り手の「わたし」（女性）は、語りえぬものを語ろうとする存在であり、社会の規範そして言語の規範をたえず打ち破ろうと試みては挫折し、最後にはマーリナから狂人扱いされ――たとえばマーリナから「おとぎ話を話すのはよせ（Ⅲ-330）」[3] と命令される――、壁のなかに姿を消してしまうという筋立てから考えるなら、立場としてはマーリナが「わたし」に対して優位にあり、マーリナを「わたし」の分身と見るよりも、むしろ「わたし」がマーリナの分身、影の部分と見た方が妥当ではないだろうか。[4]

「わたし」はマーリナの、あるいは社会の定めたルールを侵犯しようとするが、ルールの外部に立ったり、ルール自身を書き変えたりすることは「わたし」にはできない。近代社会の持つ全体を包摂してしまう暴力的な現実については、すでに短篇「三十歳」で次のように述べられていた。

わたしは政治的社会的、あるいはいくつか他の範疇において思考し、どこでも孤独であてどなかったが、つねにすでに存在している規則によるゲームのなかでしか思考することはできない。い

つかはルールそのものについても考えてみたい。だがそのゲームだけは駄目なのだ。けっして!(II-102)

あるいは、戦争で視力を失った傷病兵に向けた講演——ラジオ・ドラマの創作によって文学賞を受賞した際の受賞講演——では、バッハマンはつぎのように語る。

わたしたちは日ごろ行動したり感じたりしながら、ときにはその外に出たくなります。自分たちが置かれている境界を越えたいという欲求が起こるのです。(中略)秩序の中にとどまりつづけるしかありません。社会の外に脱出することは不可能で、わたしたちは互いに探りをいれあっているだけだからです。しかし、境界の内側でも、愛であれ自由であれ、純然たる偉大さであれ、完全なものや不可能なもの、到達しがたいものへのまなざしは保持しているのです。不可能なものと可能なものとの葛藤こそがわたしたちの可能性をひろげているのです。(IV-276)

『マーリナ』の語り手の匿名の「わたし」——名前が示されることはついにない——は、語りつづけることによって、すなわちマーリナに対してルールの理不尽さを訴え、難じつづけることによって、マーリナという社会の規範の抑圧性を露呈させていく。あるいは近代社会が覆い隠そうとしてきた歪みをあらわにしていくのである。マーリナを「わたし」の分身と見做すのではなく、「わたし」

がマーリナの分身だと見做すという具合に視点を顚倒させることによって、むしろ両者が和解不可能な二項対立ではなく、互いに不即不離の関係にあることが鮮明になるのではないだろうか。近代社会の合理性からこぼれ落ちるものは必ず存在する。そうした影の部分から目を背けようとも、社会のひずみとしていつか絶対に顕在化してくる。別々の二人の登場人物を登場させるのではなく、マーリナと「わたし」の両者によってはじめて一つの人格を形成させるというこの小説の仕掛けによって、女性が社会によって担わされている押し込められた側面が浮かびあがってくる。

マーリナに代表される近代的自我は、こうしたジレンマを抱えながら生きていかざるをえないことが示唆される。ふだん抑圧している側面がある日突然浮上してきて暗い深淵をぽっかりのぞかせる。そのような不安定な存在として『マーリナ』の語り手である女性の「わたし」はある。

このような小説の仕掛けの先駆的存在として、次節では短篇「ウンディーネ去る」を読んでいこう。

第二節　「ウンディーネ去る」

二—一　硬直した社会構造・制度への叛逆

「ウンディーネ去る」は、一九五八年フレデリック・アシュトンの振り付け、ハンス＝ヴェルナー・ヘンツェの音楽、そして一時代を劃したイングランドのバレリーナ、マーゴ・フォンテインを主役にむかえて初演されたバレエ「オンディーヌ」に触発されてバッハマンが書き下ろした短篇である（当時、バッハマンとヘンツェは親しい間柄にあった）。作品はまず、一九六一年三月十七日にバイエルン放送からラジオ放送され、その年の五月二十日にフランクフルター・アルゲマイネ新聞に掲載、同年刊行された短篇集『三十歳』に収められた。バッハマンにとって最初の小説集となった『三十歳』は、七篇の短篇からなり、「ウンディーネ去る」はその掉尾を飾る作品である。

戦後ドイツ語詩壇に、詩人としてセンセーショナルなデビューを果たしたバッハマンが、小説家として広く世に知られるようになったのは、彼女の死後、一九七〇年代後半に四巻本の著作集が出版され、折りからの第二波フェミニズム運動の中で、その先駆者として評価されてからのことであった。いきおい、女性としてのアイデンティティを付与するような新たな言葉を創造することによって、女性たちが家父長制社会の現実において言葉を奪われていた状況を克服しようとする試行錯誤のあらわれとして、当時バッハマンの小説は読まれたのであった。それゆえ長篇『マーリナ』の語り手の「わたし」が、主体としての「わたし」を構築していく肯定的な主人公でないことが批判されもした。

このような受容史において「ウンディーネ去る」も、女性による男性社会糾弾あるいは呪詛の書として受け入れられ、小説の最後の場面で壁の中に消えてしまう『マーリナ』の主人公の先駆けとして理解されてきた。ウンディーネは、抑圧される女性の象徴だというわけだ。

この解釈はあながち誤りとは言い切れない。一読すれば、ウンディーネの伝説にことよせて、男性の身勝手なふるまいに翻弄され、犠牲となる女性の姿を、女性の側から描いてみせた佳作と見るのが自然である。周知のとおり、ウンディーネは水の精であり、古来文学作品の好個の材料となってきた。人口に膾炙したフケーの小説『ウンディーネ』をはじめ、ジロドゥーの戯曲『オンディーヌ』、そして先ほど紹介したバレエ「オンディーヌ」のそれぞれにおいて、女性である水の精は男性の幻想、そして憧憬の投射物でしかなかった。それに対してバッハマンの「ウンディーネ去る」は、ウンディーネ本人が語り手の側に転じているのが目につく。

けれども、「ウンディーネ去る」は女性を不気味な存在と位置づけ、市民道徳に拘束されていない女性が男性社会を脅かす物語だとするなら、あるいは家父長制社会のなかで結局は自己主張をとおすことができずに水のなかに消えてしまう主人公に、現代における女性の自己実現の困難さを認める物語と解釈できる。語り手の「わたし」（ウンディーネ）の言辞には、硬直した社会構造に対する鋭い批判があふれている。

短篇集『三十歳』の一作として読めば、そこに収められた他の作品との共通性にも気づく。戦後（ナチス期以降）の資本主義社会における日常生活を舞台として、旧態依然とした秩序からの逃亡を企て、安住の地たる故郷を求めて漂泊する主人公たち（たとえば表題作である「三十歳」）。彼らが今とはちがう別の人生を希求するのは、現実生活が彼らを破損してしまうからだ。この切実な危機意識は、脱出への昂揚感とその不安感として、詩「出航」をはじめバッハマンの早い時期の作品からの主要なテーマであった（出発は決行されるが、終着点は未定のままだ）。

また、日常生活は「詐欺師の言葉 Gaunersprache」（II-112）で充ちていて、真実の言葉を求めようとしても果たせない、という言語懐疑のモチーフは収中の「三十歳」、「すべて」にとどまらず、初期のラジオ・エッセイ「ヴィトゲンシュタイン」や「先年王国」（ムーシルの『特性のない男』を論じたもの）から、最晩年の『マーリナ』、短篇集『同時通訳』まで一貫して通底しているものである。「目の前にある秩序、堅固な社会構造、規範的言語使用そして制度化された人間関係に対する叛逆」という短篇集『三十歳』についての簡にして要を得た要約は、バッハマンの作品全体に通底する。

二-二 「呼びかけ」というふるまい

「あなたたち人間、けだものたちよ！／ハンスという名のけだものたち！　その名をわたしは忘れることができない。」このような「わたし」の呪詛によって開始される「ウンディーネ去る」は、短いながらもバッハマン文学のエッセンスが詰まった鍵のような重要な小説であるが、ここでは、作品が一人称で紡がれること、題名こそ「ウンディーネ去る」という固有名詞が明示されているが、作中には一度たりとも語り手の「わたし」の名前が登場しないこと、さらにこの作品が活字ではなく、ラジオ放送の声によって初演されたこと、つまり作品全体が「わたし」の「声」として、「呼びかけ」、「つぶやき」として表現されていることに注目したい。

「ウンディーネ去る」では、『三十歳』の多くの短篇同様、男たちのありふれた家庭生活の風景が描かれている。新聞を読み、領収書を調べ、ラジオの音量を調節する。そして銀行や証券会社、政治の場で働く男たち。「ハンス」と名指される彼らは、そのような日常に心充たされることなく、夜、別の生を求めウンディーネを求めてさまようのである。

わたしが現れると、風のそよぎがわたしの到来を告げると、あなたたちはとび起き、ときが近づいているのを知った、恥辱、追放、堕落、理解不能が。終末への呼び声。そうすっかり終わりにしてしまう。あなたたち怪物よ、あなたたちはわたしの呼びかけが何を意味しているかを理解したうえで、みずからに呼びかけさせ、でも自分自身で納得していなかった。だからこそわたしはあなたたちを愛した。わたしがこれまで同意したことがあったかしら？　あなたたちが独りぼっちで、役に立つことはなにひとつ考えることもできないとき、灯りが部屋を管理し、森に空閑地が開け、空間が湿り煙るとき、あなたたちが、永遠にというほどすっかり途方にくれてそこに立ち、分別を失くすとき、その時こそがわたしのための時間だった。「よく考えていきなさい、それを言葉にして言ってしまいなさい！」挑発するまなざしでわたしは足を踏み入れたのだ。あなたたちは第三者のだれからも理解してもらえると分かっていたつもりだったが、わたしはあなたたちがついぞ理解できなかった。わたしは言った「あなたが分からない、分からない、理解することなぞできやしない！」あなたたちが理解もされず、なにゆえあれやこれがそうであるのか、なにゆえ国境や政治や新聞や銀行や株式市場や貿易があって、ずっと続くのか、自分でも訳が分からなくなっているすばらしい偉大な時間が保たれたのだ。（Ⅱ－257）

ここで注意すべきは、ウンディーネがハンスたちを呼び出すのではなく、ハンスたちがウンディーネを呼び出す点である。ウンディーネは「ハンス」と呼ばれる男たちによって呼び起こされる。彼女は、現実の矛盾を批判するだけではなく、そこに安穏と暮らしているようにみえる者がじつはみずからの桎梏のもとで息苦しい現実にあえいでいることを指し示す。

こうしてみると、第一節で長篇『マーリナ』に確認した小説の仕掛けのように、ウンディーネは「ハンス」の影の部分、ハンスの分身として造型されていることに気づく。ウンディーネは近代社会が蓋をしてきた非合理な欲望を象徴しているのだ。彼女も、『マーリナ』の語り手の「わたし」と同じく、近代社会の矛盾、あるいは近代が蔑み、抑圧してきたもの、近代から逸脱したもの、けれどもその魅力に抗しがたいものということになるであろう。

そして、フケーやジロドゥーの作品では、人間が水の精の奔放な振る舞いに翻弄され戸惑い、最後には彼女を裏切るのだが、バッハマンの作品では、あくまでハンスは人間（男）側の理由、すなわち現実の規範から逃れることに躊躇し、怯え、現実の側にとどまることを選ぶことによって水の精を裏切るのである。

幸せでいてちょうだい。あなたたちはたくさん愛され、たくさんのことが許されている。でも忘れないで、わたしをこの世界に呼んだのはあなたたちの方だったということを。あなたたちがわたしの夢をみたの。別の女、別の男、あなたたちと同じ精神を持ちながら姿は違うわたし、見知らぬ女であるわたしを（後略）（II－260）

『マーリナ』は「わたし」と分身による対話というスタイルで書かれていた。正確にいうなら、マーリナに対する「わたし」の呼びかけであり、「ウンディーネ去る」では、ハンスに対するウンディーネの呼びかけである。この「呼びかけ」というふるまいは、近代批判というバッハマン自身の文学のテーマにとって内容的にもふさわしい手法だった。すでに見たとおり、ひとは社会のルールを批判することはできても、ルールの外に立つことはできないからである。それは絶え間ない異議申し立てとしてしかありようがない。そして異議申し立てを呑みこみながら、個を全体へと包摂していく運動こそ、わたしたちがいま生きている近代資本主義社会なのだ。

もちろん、呼びかけは沈黙をもって報いられる可能性だってある。ウンディーネや『マーリナ』の語り手の「わたし」が「主」の立場に立つことはけっしてない。呼びかける「わたし」が主人公になることはない。あくまで「従」の立場であり、聞く者ハンスの存在がいて、はじめて「わたし」は存在しうる。そしてハンスの裏切りによって「わたし」はいともやすやすと沈黙の世界へと追い返される。ウンディーネは、人間の世界に住む者が夢みる存在であると述べたが、彼女の呼びかけが届かなくなれば彼女の居場所はたちどころになくなって、消え去るしかなくなる。

おわりに

それではウンディーネは単なる影の存在でしかないのだろうか。ここで、先に述べたように、ウンディーネの語りが「声」によるものであることに注意を喚起したい。この作品は、全篇がウンディーネの「声」によって紡がれていた。

声について、バッハマンはエッセイ「音楽と詩」(一九五九)で、つぎのように書いていた。

今こそ、人間の声、自分が何に苦しんでいるのかけっして十全には語ることもできず、高みや深みで精確に測ったものを、十全に歌うこともできない、拘束された被造物である人間のこの声について、もっと理解を深めるべき時ではないでしょうか。（中略）今こそ、この声にもう一度敬意を示し、声にわたしたちの言葉、わたしたちの調べを委ねるべき時なのです。待ち受けているものたちや未然に守られたものたちに最上の苦労をして至り着くことを、声に対して可能にする時なのです。今こそ、声をもはやたんなる手段と見做さず、詩や音楽が真実の一瞬を共にする僥倖を手にする地位の保持者として遇する時なのです。（Ⅳ－62）

マリア・カラスの熱烈なファンであったバッハマン。詩の言葉の音楽性、書かれた言葉によってではなく、音楽によって普遍的な言語への参画が保証されると考えていたバッハマン。そのバッハマンの「声」に対する讃歌から、ウンディーネや『マーリナ』の女性の語り手の語りに対する積極的な意味を見出せるのではないだろうか。[5]

「語りえぬものについては沈黙しなければならない」というヴィトゲンシュタインの哲学にバッハマンは最後まで忠実であった。しかし同時にこうも言っている。「語りえるものをはっきりと表現することから出発したヴィトゲンシュタインは、思いもかけずそのことによって、哲学が語りえないものが意味するものをも示すことになったのです。[6]」語りえるものの境界を指し示すことによって、その境界の向こう側にある「語りえぬもの」の領域、すなわち女性の言語の確かな存在を示すこと。「声」という有り様によって、バッハマンはそれを遂行したのだった。

注

［1］Ingeborg Bachmann: Wir müssen wahre Sätze finden. Gespräche und Interviews. Piper Verlag, München, 1983. S.101.

［2］Ellen Summerfield: Ingeborg Bachmann. Die Auslösung der Figur in ihren Roman „Malina“. Bouvier Verlag, 1976. S.49.

［3］バッハマンの作品からの引用は、Ingeborg Bachmann: Werke. 4 Bände. hrsg. von Christine Koschel u.a. Piper Verlag, München, 1978 より行う。ローマ数字で巻数を、算用数字でページ数を示す。

［4］「わたし」の方をマーリナの分身と見る解釈については、拙論 Aporia der Moderne —Über Ingeborg Bachmanns „Malina“（『龍谷紀要』第二十八巻第二号、二〇〇七年）を参照。

［5］バッハマン文学を「ウンディーネ去る」、『マーリナ』を核として読み解く道筋については、以下の書を参照。Jean Firges: Ingeborg Bachmann: Malina. Die Zerstörung des weiblichen Ich. Sonnenberg Verlag, Annweiler am Trifels, 2008.

［6］Ingeborg Bachmann: Wir müssen wahre Sätze finden. S.109.

第四章

家父長制度に抗って書く

――エルフリーデ・イェリネク『ピアニスト』、『欲望／快楽』

「なじみのない文字を見ることが眼には苦手だとしても、自分が話す言葉のために耳を開かせることで、その意味がはっきり分かっていないのに日々口にしてきた言葉の意味をもう一度知らしめることは、人間にとって役に立つのではないか。」

カール・クラウス

第一節　『ピアニスト』

一―一　母と娘の物語？

一九四六年、夏は避暑地として、冬はスキー場として名の知られたミュルツツーシュラークに生まれたエルフリーデ・イェリネクは、幼いときヴィーンに居を移すと、カトリック系修道院の幼稚園に入れられ（のちに彼女は「本物の悪夢だった」と回想している）、母の厳格な指導のもと、ピアノ、ヴァイオリン、ヴィオラ、バロック・フルートなどを朝から晩まで叩きこまれる少女期を送った。[1] 父はチェコ系ユダヤ人の化学者で、その専門性ゆえにナチスの迫害は免れたものの、戦後精神を病み、精神病院で生涯を閉じることになる。母は、四十歳をこえて得たひとり娘を、プロのピアニストにさせるべく、猛烈なスパルタ教育で鍛えていく。しかし娘は成長するにつれ、引きこもりになり、テレビを見たり、読書ばかりする思春期を過ごす。アメリカのポップ・カルチャーにどっぷりひたったのもこの時期のことだ。

ヴィーン・グループの詩人ばりに、小文字ばかりで言葉遊びと引用のコラージュを多用した難解な初期作品「ブコリット」、「おれたちは囮なんだぜ、ベイビー！」とはちがい、一九八三年に発表された『ピアニスト』は、右に紹介したイェリネク自身の半生と共通するところも多く、表面的には自伝小説の体裁をとっていたことから、イェリネクの小説のなかでももっとも広く読まれている作品となっている。

主人公エリカ・コフートは、ヴィーン八区ヨーゼフシュタットのマンションで母と二人暮らし。母は娘の生活を監視し、娘エリカの部屋には鍵もない。エリカの気晴らしの種である洋服の衝動買いの喜びも、「流行はすぐ変わるので無駄遣いだ。それより将来もっとよい部屋で暮らすために貯金を」という母によって台なしにされる。エリカは激昂する。

> いまエリカは自分が美しく染めた母の髪の毛を毟り取る。母は泣きわめく。エリカが引き毟るのをやめたとき、彼女の両の手には髪の毛の束がある。彼女は無言のままびっくりして毛の束を見つめる。（中略）娘は戻ってきて、昂奮のあまりすでに泣いている。卑しいごろつきのように母を罵りながら、母がすぐに自分と和解してくれることを希望している。愛情たっぷりのキス。（K 9f.）[2]

体罰も辞さない母の偏執狂的なまでの猛レッスンにもかかわらず、コンサート・ピアニストにはなれなかったエリカは、ヴィーン音楽院でピアノ教師をつとめている。「子どもは母の偶像だ。子どもにはそれに対して自分の人生以外にたいした褒美もない。母親は子どもの人生の価値を自分で評価したがるものだ」（K 28）。三十代半ばにさしかかったエリカには男の影もほとんどない。みずからが受けた冷徹な音楽教育を、さして才能もない学生に授ける毎日である。「ピアノの鍵盤が指の下で歌いはじめる。文化の瓦礫の巨大な裾（Der gigantische Schweif von Kulturschutt schiebt sich）が、あらゆる方角からかすかにガサガサ音をたてながら前へとすり足で踊るように進み、一ミリ一ミリと包囲網を狭めていく」（K 59）。（「sch」の音の繰り返し。また、der gigantische Schweif には「巨根」の意あり）

このような人生を歩んできたエリカが、「正常な」精神の発育をとげることができなかったことは、容易に想像がつく。彼女が性欲を満たすのは、ピープ・ショーやポルノ映画館に行ったときであり、夜プラーター公園の茂みでセックスする男女を覗き見するときである。

エリカはじっと見つめている。彼女の見る快楽の対象は、ちょうど太腿のあいだを動かして、下の口が小さなoの形になるようにしながら、自分も楽しんでいることを示す。（K 56）

エリカ・コフートはもうこらえられない。欲求は強まるばかりだ。彼女は注意深くパンティーをおろし、地面に小便する。（K 147）

エリカは相手とではなく、自分ひとりの行為でしか快楽を得られないのである。彼女はまた、剃刀で自分の局部に切り込みを入れる痛みによっても快楽を得る。

彼女は剃刀の扱いにはなれている。なにしろ父のひげを剃ってあげていたのだから。まったく空っぽで、もはやなんの思考も渦巻かず、どんな意志も波立つことのない額の下の、あのやわらかい父の頬を。（中略）口腔と同じようにこの身体の入口にして出口は、直接的に美しいとは呼べないが、必要なものだ。本来なら他人に晒されるよりもっといいものを、彼女はみずからに晒す。彼女はそれを手にもつ。手も感情をもっている。どれくらいの頻度でどれくらい深くすればいいかを彼女はよく知っている。開いた部分を鏡の柄のネジで引っぱる。切るタイミングをはかる。すばやく、だれかが来る前に。外科に関する知識はほとんどない。穴があると思われるあたりに冷たい刃を当てて引ける幸運は滅多にない。傷口がぱっくり開く。変化は驚くべきもので、鮮血がほとばしる。（K 88）

父を早くに失ったエリカには、エディプス・コンプレックスにおける「父」なる存在が欠けていた。かわりに母親との共依存関係のなかで成長した。「父」の欠落が、一人きりの性行為と結びついていることは、プラーターで覗き見するときに使う望遠鏡や、自傷行為に使う剃刀が父の遺品であることによって示唆されている。[3] 一方で、ピープ・ショーやポルノ映画館で、男性に向けてしなを作り、また苦痛に表情を歪める女性をみて昂奮するエリカは、男性の視線にみずからを置いて性を楽しんでいるといえる。エリカは、「夫／父」と「子／娘」の二つの役割（ジェンダー）のあいだを揺れる存在なのだ（彼女の姓コフートは、自己愛の研究者として名高い心理学者ハインツ・コフートを想起させる）[4]。

このようなピアノ教師に、関心を抱く学生があらわれる。ヴァルター・クレマーである。もともとは工学を専攻する彼は、音楽院のエリカの授業に参加し、彼女を女性として、視線で追いつづける。それに気づいたエリカは、ある日トイレで彼と二人きりになる。

彼女はクレマーのチンポの色と状態を調べる。彼女は包皮の下に指の爪をしのびこませ、クレマーに喜びであれ痛みであれ、どんな声を立てることも禁じる。長く続けられるよう、生徒はすこし感情を抑えつけられた姿勢で固定される。彼は太腿をぴったりと合わせ、尻の筋肉を硬直させる。(中略)教師は事に関することであれ、そうでないことであれとにかく生徒の側からの発言を拒否する。生徒は教師を理解したか?　クレマーは呻く。彼女が彼の美しい愛の器官を付け根から先っぽまで情け容赦なく扱ったからだ。彼女はわざと痛くしている。上部ではクレマーのなかへと続き、さまざまな配管へと供給されている穴が開いた。穴はピクピク呼吸し、爆発の瞬間をうかがっている。もういきそうだ。クレマーは、もう引き返せそうにないと月並みな警告を発する。彼は我慢しようにももう限界だと誓う。エリカは亀頭に歯を立て、まだ破裂しないようにする。しかし亀頭の所有者は荒々しい叫び声をあげる。静かにするよう命じられる。(中略)クレマーは彼女が考えていることが理解できない。どうかこのままやめないでほしいと哀願する。もう果てそうだから。うながすように小さな自動機関銃の引き金を彼女に差し出す、すぐ引けるようにと。けれどもエリカは言う、これ以上もうぜったい触りたくないと。(中略)そんなことは許されないと彼はエリカに懇願する。エリカの仕事の仕上げができるようみずからの一物をつかむ。男をこんな状態に追い込んでおきながら慇懃無礼に扱うことが、健康上いかに無責任なことなのか、クレマーは彼の教師に縷々説明する。エリカは答える。「指を離しなさい。さもなければこんな機会は二度と訪れませんよ、クレマーさん」（K 181f.）

エリカは他者への性欲を抑圧しているため、相手の気持ち（欲望）がどこにあるかに鈍感な人間として表されている。暴力を加えられて育った人間が、他人に加える暴力に無自覚になっているのだ。その後、エリカは自分が相手にどうされたいかを記した手紙をクレマーに渡す。手紙を読まずに、家まで押しかけてきたクレマーに、エリカは手紙を音読するように命じる。その内容は、サディスティクに自分を痛めつける手順が詳細に語られていた。クレマーは面喰らい、エリカの家をあとにする。後日、侮辱されたと感じたクレマーはエリカを殴打し、踏みつけ、強姦する。実際に無抵抗なまま男性に殴る蹴るの暴行を受けたエリカは、自分が求めていた性的快感がけっして得られるものではないことを悟る。母は、娘がスポーツ用品のように乱暴に扱われたことに激怒する。

このような粗筋をもつ『ピアニスト』は、第二章でも見た母—娘関係を描いた作品として読めるだろう。自分そして夫が果たせなかった社会的栄達を、高齢になってようやく得たひとり娘にきわめさせようとする母親。そんな母親を嫌悪しながら、いまだに新婚用ベッドで母と二人で寝る娘。先ほど引用した箇所からもわかるとおり、激しい罵りあい、つかみ合いの喧嘩をしたあとには、お決まりの涙ながらの和解が訪れる。音楽学校で、母から受けた仕打ちを学生に反復する娘。――しかし、イェリネクの『ピアニスト』は、たんに母と娘の物語としてだけでは語り尽くせぬ作品である。

一―二　「主体」のイデオロギー化への抵抗

イェリネクが影響を受けたオーストリアの作家のひとりカール・クラウスは、言語批判を通じて市民社会の偽善的道徳を風刺した。一般市民が自明なものとして日頃使っている言葉に思いがけないひずみを与えることで、言語の内部から言語批判をおこなったのだ。言語批判により、言葉の背後に隠されていた「現実」が立ち顕れてくる、という仕掛けだ。

言語批判を旨としたクラウスの創作活動に対し、シュルレアリストは反対に言葉を解放し、言葉の衝突によって現実を分裂させ、現実と空想の境界線をなくそうとした。こうしたシュルレアリストの言語観からも影響を受けたイェリネクは、彼女一流の言葉遣いで現実と仮象との区別を無意味にしてしまう[5]。

先のいくつかの引用からわかるとおり、イェリネクの描写は、現実の写実・模倣ではない。ミメーシスの道具としての言葉ではなく、シュミラークルの記号として彼女は言葉を扱っている[6]。

小説の最終場面で、エリカはクレマーが、自分との一件が何ごとでもなかったかのように、公園でほかの学生たちと談笑しているのを目の当たりにして、家から持ちだしてきたポケット・ナイフ（またしても父親のもの）でみずからの心臓を刺す。

Fenster blitzen im Licht. Ihre Flügel öffnen sich dieser Frau nicht. Sie öffnen sich nicht jedem. Kein guter Mensch, obwohl nach ihm gerufen wird. Viele wollen gerne helfen, doch sie tun es nicht. (...) Keiner legt eine Hand an sie, keiner nimmt etwas von ihr ab. Schwächlich blickt sie über die Schulter zurück. Das Messer soll ihr ins Herz fahren und sich dort drehen!（K 283、下線による強調は Marlies Janz の研究に基づく）[7]

窓は光に輝いている。窓の扉はこの女には開かれていない。どの窓もだれにでも開くわけではない。呼ばれたのに、親切な人間ではない。たいがいの人間は手助けしようとするのに、彼女にそんな気はまったくない。（中略）彼女の手に手を添える者もいない。彼女から取り上げる者もいない。彼女は弱々しく肩越しに振り返る。ナイフは彼女の心臓に届いてえぐるはずだ！

じつはこの一節は、カフカの長篇『訴訟』の末尾をイェリネク流に換骨奪胎したものだ。カフカの『訴訟』と比較されたい。

Wie ein Licht aufzuckt, so fuhren die Fensterflügel eines Fensters dort auseinander, ein Mensch schwach und dünn in der Ferne und Höhe beugte sich mit einem Ruck weit vor und streckte die Arme noch weiter aus. Wer war es? Ein Freund? Ein guter Mensch? Einer der teilnahm? Einer der helfen wollte? (...) Aber an K.s Gurgel legten sich die Hände des einen Herrn, während der andere das Messer ihm ins Herz stieß und zweimal dort drehte.

光がぴかっと光ると、一つの窓の扉が開く。一人の男が弱々しく遠くの高いところでガクンと前にかがみ込み、腕を前へとさらに伸ばした。誰だろう？　知り合いか？　親切な人間か？　いっしょになって手伝おうとしている誰かか？（中略）けれどもKの喉には一人の男の両手が置かれ、もう一方の男がKの心臓目がけてナイフを刺し、二回えぐった。

こうしてカフカの「高尚な」文学作品が、「通俗的な」現実とないまぜにされ、深刻ぶった「芸術性」は叩きのめされ、嗤《わら》いの対象にされてしまう。

カーニヴァルさながらに、王と道化、聖と俗が顚倒されるだけではない。本物と偽物（複製品）の力関係、真理と贋の上下関係も無化されてしまう。人物の心理も微細に描写され、かえって無意識の欲望を伏蔵している深層心理とうわべだけの表層心理の区別もまた攪乱され、本心と偽りがときとして同じ地平線上に描かれる。

作品のなかでエリカ・コフートはKと呼ばれ、またクラマーもKと呼ばれる場面がある。ここにおいてエリカもクレマーも個性を剝ぎ取られ、他の人物と交換可能《ジェネリック》な存在に成り下がってしまう。[8]

そのほか『ピアニスト』では、登場人物がしばしば「女」「男」「母」「娘」など普通名詞に置き換えられる。こうしてエリカをはじめとする登場人物はほかの「女」「男」などと交換可能な存在であることが、読者に示唆されている。

この点についてイェリネクは、自身とペーター・ハントケとの違いをつぎのように語っている。すなわちハントケは、彼が師と仰ぐシュティフター同様、細部を可能なかぎり正確に描くが、あくまで個人的な次元に執着する。それに対して自分は微細な描写から社会批判をおこない、私的な事象を普遍化しようとするのだ、と。[9]

カフカの『訴訟』をパロディにした、いま引用したこの小説のラスト・シーンについてイェリネクは、「カフカの『訴訟』で犬のように殺されるKは、まだ『犠牲者』として描かれているが、エリカは『犠牲者』としてすら描かれていない」と読者の注意を喚起している。[10]

「ブルジョワ的な主体などというものは、わたしの本のなかだけでなく、もはや一般にまったく存在しないのです。もちろん、人間は一度きりで取り替え不可能な存在で、個人主義的に扱えるのだという、巨大な市場がふりまく幻想《イリュージョン》はありますが」とイェリネクはあるインタビューで答えている。[11]

イェリネクによれば、個性をもった一人ひとりかけがえのない「人間」という概念が、すでに幻想なのだ。主体というものが今日まだあるとして、この主体を翻弄するのがイェリネクなのだ。[12] しかしこのようなイェリネクの文学作法を「ポスト・モダン」と呼ぶのは早急に過ぎる。なぜなら、イェリネクのテクストにおいて、「意味」や「主体」そのものが破壊・脱構築されるというよりは、「意味」

や「主体」といった概念がイデオロギー化されることに対して抵抗がなされている、とみるべきだからである。[13]

作家イェリネクがおこなっていることは、市民社会を支えているイデオロギーの仮面を剝ぐこと、自明と思われている「ふつう」の価値観が気づかれぬまま家父長制度の温床になっていることを暴き立てることにある。

イェリネクが『ピアニスト』について述べた言葉を引用しておこう。「わたしの小説のなかのサドマゾヒズムは、つねに社会というもののサドマゾヒズムなのです。『ピアニスト』はまったく個人的な物語として進んでいきますが、しかしだれかがだれかを拷問している様子の『書き取り《ディクテ》』をしたものです。そこにこそほんとうの領域侵犯があります。」[14] 芸術家は大なり小なり病理学的なやり方で子供時代の延長を生きている存在だというイェリネク。

彼女は言う、「女性にとって書くことがすでに暴力行為なのです。女性の主体は、語る主体ではないからです。」[15] さらに「書くという行為は攻撃的なものです。なぜなら攻撃におけるフラストレーションの変容から生まれてくるものだからです」とも語っている。[16]

「書くことによって自分を解放するということはありません。書いてしまわないと狂気に陥ってしまうから、それを言わなくてはいけない。言葉だけが、わたしを防衛するための唯一の武器だから。繰り返しますが、書くことが自己解放だというのは古い迷信にすぎません。たしかに精神分析はありますが、わたしのケースにはあてはまりません。[17]」

彼女の父がチェコ系ユダヤ人であることはこの章のはじめに書いたが、母の先祖はバルカン半島のルーマニア人だという。それゆえイェリネクは自分の精神風土を「ユダヤ、バルカン、チェコの混淆物だ」という。とくにユダヤの伝統を継いだカフカ、クラウス、フロイトの文化的遺産に多くを負っているという。「自分は言葉で遊ぶという強迫的な必要性を抑圧することができません。正反対のことを意味するまでひっくり返す癖、それはユダヤの種族の伝統を継承しているからだと思います。この伝統のなかで、言葉で遊ぶことを覚えました」と対談で語っている。[18]

次節では、『欲望／快楽』を読み解きながら、イェリネクの文学的営みがめざしているものを、より深く掘り下げてみたい。

第二節『欲望／快楽』

二―一　女性によるポルノグラフィー

一九八六年、イェリネクはある雑誌で、ジョルジュ・バタイユの『眼球譚』の向こうをはって、女性によるポルノグラフィーを書くつもりだと語った。アナイス・ニンやエリカ・ジョングのポルノは、なるほど女性の手になるものだが、男性のまなざしで女性が描かれているから、「女性によるポルノ」とはいいがたい。ポーリーヌ・レアージュの『O嬢の物語』はある程度成功作かもしれない云々[19]。この発言はさっそくセンセーショナルに拡散されていく。

オーストリアの大衆紙『クーリア』は、「昨年戯曲『ブルク劇場』で一悶着起こしたエルフリーデ・イェリネクはますます意気盛んだ。『情欲をテーマにした長い散文』を計画しているという。『男性と女性の情欲は調和させることができない、というのが考察の根底にはあります。女性の眼から見た女性の性について、バタイユの『眼球譚』に対抗するような本になるでしょう。』[20]

「女性に注がれる男性のポルノグラフィックなまなざしは、つねに男性のものであり、それをわたしは破棄したいのです。」女性のポルノを執筆しようとしたきっかけをイェリネクはこう説明する。ときあたかも西ドイツのフェミニスト雑誌『エンマ』で、「ポルノ論争 PorNo-Diskussion」が捲き起こっていた[21]。

ポルノグラフィーが女性（の性）を商品化しているとの批判では一致をみるものの、ポルノは男性による女性への支配の道具の一つで、女性に加えられる暴力であると批判する意見。ポルノは、男性が支配する文化産業のセクシズムのシンボルであり、禁止すべきだという意見。一方で、検閲をおこない、ポルノを禁止するのではなく、ポルノが社会のなかで現実に及ぼしている作用を分析することで、社会にはびこる男性優位を顚覆させるべきだという考え方をする者もいた。そして女性もまた、男性を見世物にするポルノ、男性の共犯者となることなく性について女性が語れる言語を作るポルノを書いてみれば、という主張もあらわれた（いちばん最後のケースが、イェリネクがめざしたもの）[22]。

社会生活、政治において現在の差別構造の変革をめざすフェミニズム運動は、自由な行為者《エイジェント》として女性がふるまえる権利を獲得しようとしたものだが、その道のりと方法は一筋縄ではいかない。それほどまでに、女性に対する構造的差別は深く根を張っているのだ。「女性は女に生まれるのではない、女になるのだ on ne naît pas femme, on le devient」というシモーヌ・ド・ボーヴォワールの『第二の性』の一節はあまりに有名だ。

さて女性にも受け入れられる猥褻な作品を書こうとしたイェリネクだが、創作の過程で問題にぶつかる。言葉 Sprache が男性によって支配《コントロール》されている現状において、女性が女性の欲望を支配することも、女性の欲望を言葉で書くことも不可能であることに気づいたからである。女性は徹頭徹尾男性の欲望の対象 Objekt でしかなく、けっして欲望の主体 Subjekt になることはない。もし女性のポルノを書こうとしても、男性が女性に向ける視線をとおしてしか猥褻なことを表現できないのだ。[23] イェリネクは、言葉における女性の劣位を痛感し、作品の構想を練り直すことを強いられた。イェリネクは、バタイユ、あるいはサド侯爵がおこなった言語による社会批判をめざす方向に、方針を転換する。「社会はそれ自身がポルノグラフィックです。つねに何かを隠しているからです。そのヴェールを剝いで、ポルノの性質を明らかにしたい。猥褻とはどういうものかを見せたいと思ったのです。[24]」

こうして書き上げた作品が『欲望／快楽』（一九八九）である。

二―二　反ポルノグラフィー

舞台は作者の生地ミュルツツーシュラークとおぼしき保養地。この地の製紙工場の工場主ヘルマンは、町の名士として君臨し、ヴァイオリンを奏で、地元に合唱団を設立する一方、性欲を満たすために娼婦を買いあさる。ところがエイズの感染がひろがると娼家に通うのをやめ、妻ゲルティの肉体をむさぼる。夫婦にはひとり息子がいる。ゲルティは主婦としての単調な毎日、そして度重なる夫の要求に疲れ果て、アルコールに溺れ、この地にスキーをしに遊びにきた若いミヒャエルと関係を持つ。しかし若い学生にとってゲルティは遊びの対象でしかなく、仲間とともにゲルティを辱める。絶望したゲルティは、息子が未来に夫のような男性になることを怖れ（息子はすでに自分のなかに父の姿を看て取っている（L64）[25]、息子にビニール袋をかぶせて窒息死させ、近所の川に死体を流す。

フロベールの『ボヴァリー夫人』、フォンターネの『エフィ・ブリースト』、シュニッツラーの『ベルタ・ガルラン夫人』では、地方の名望家の裕福な妻が、日々の生活に満たされず浮気にのめり込むものの、灰色の現実は変わることはない。[26] イェリネクの『欲望／快楽』も同じような通俗的な筋書きにのっとって書かれている。自分の息子が夫のような怪物になる前に殺してしまうゲルティの行動も、なんらかの展望があっての行為ではなく、状況に追い込まれた場当たり的なものでしかないところもいま挙げた小説と共通している。しかし夫ヘルマンの造型が、これらの小説とは異なる。

ヘルマンは製紙工場の社長として自然を収奪しつくす。この地の唯一の産業の社長として従業員とその家族を搾取しつくす。合唱団の団長として芸術を消費しつくす。そして性欲の捌け口として妻の体を使用しつくす。[27]

月が輝いている。星もまたすべて瞬いている。そして男の重たい機械は遠くから家へとやってくる。機械はその歯でもって畝の溝を切り裂いてきた畑を分けていく。切り取られた草を泡のように空中へと飛ばし、女の体をいっぱいにさせる。（L58）

妻の身体と大地の自然が収奪の対象として重ねあわせられていることが分かるだろう。ミュルツツーシュラークの自然（「ふるさと」なるものへの郷愁）も、有名なシューベルトの歌曲集「冬の旅」の第一曲「おやすみ」の冒頭「よそ者として引き移ってきて、よそ者のまま去って行くFremd bin ich eingezogen, fremd zieh ich wieder aus」が、「ミヒャエルはよそ者としてこの地にやってきて、よそ者としてふたたび去っていくFremd ist Michael eingezogen, fremd zieht er ihn wieder heraus」（L203）と戯画的に書き換えられている。

女性の身体と純粋な自然が重ねあわされるのは偶然ではない。「女性＝産む身体＝母の清純・神聖な愛＝自然」という文化的等式を、男性が消費する様をグロテスクに拡大してみせるのが、作者の狙いだ。[28]ゲルティにおいて、女性のセクシュアリティと身体と母性が搾取される。夫ヘルマンとの性描写を繰り返すことは、この文化的等式を素知らぬ顔をして後生大事に掲げつづけるキリスト教教会への当てつけにもなっている。この作品の発表までの経緯から、「ポルノか否か」といった視点で語られることの多い『欲望／快楽』だが、女性によるポルノを断念して方向転換したイェリネクがめざした社会批判を見逃してはなるまい。

> そして死すべき者も給料と労働によって生活し、音楽もいずれにせよそのなかには含まれているのではないだろうか。工場長は女をその重みで押さえ込む niederhalten。骨折りから安息へと嬉々として交替する労働者たちを抑圧する niederhalten ためには彼の署名一つで充分だ。彼自身の体で上からのしかからなくてもいいのだ。そして彼の心のわだかまりが睾丸でけっして眠ることはない。けれども胸の内では、ともに娼家に繰り出した友だちがやすらっている。（L 19f.）
>
> (...)und *es leben die Sterblichen von Lohn und Arbeit*, aber, nicht wahr, Musik gehört halt einfach dazu. Der Direktor hält die Frau mit seinem Gewicht nieder. Um *die freudig von der Mühe zur Ruh wechselnden Arbeiter* niederzuhalten, genügt seine Unterschrift, er muß sich nicht seinem Körper drauflegen. *Und sein Stachel schläft nie an seinen Hoden.* Aber in der Brust schlafen die Freunde, mit denen er einst ins Bordell ging.（斜体強調、引用者）

この一節は、ヘルダーリン「夕べの幻想 Abendphantasie」のパロディーにほかならない。

だがわたしはどこへ？　死すべき者も報いと労働によって生きている。
骨折りと安息へと変わり、報いと労働はすべてよろこばしいものとなる。
けれど一体、わたしの胸中でわだかまりがけっして眠らないのはなぜだろう？

Wohin denn ich? Es leben die Sterblichen
Von Lohn und Arbeit; wechselnd in Müh' und Ruh
Ist alles freudig; warum schläft denn
Nimmer nur mir in der Brust der Stachel?

イェリネクは父権制の精神がはびこる現代社会への批判を、カール・クラウスに倣って言語批判をとおしておこなっている。言葉の一つ一つをフレーズから裁断することで、きれいごとを語る「言葉」の裏の偽善性を容赦なく暴くイェリネク。[29]読者からしてみれば、当たり前に使っていた言葉が醜く歪められ、分かっていたつもりの通念が破砕される。引用のモンタージュ、ステレオタイプな表現のこれ見よがしな使用、陳腐な表現の執拗な反復、言語の倒錯的用法によって、現実を成り立たせている「文化」がつぎつぎと脱神話化されていく。「言葉自身がいまやみずからの道を進んでいく！」（L 28）『欲望／快楽』の言語は、ふつうのポルノグラフィーのように安穏として物語を消費させない。作者は「わたしの本のなかで、飼い葉桶のなかで転げまわる豚のようには、読者がワルツを踊るような真似をさせないのが、この本の狙いです」と述べている。[30]

「わたしは、読者を人間嫌いにしたいと思っていませんが、自分では手を汚さない犯罪者、書斎の犯人みたいなものです」と語るイェリネク。[31] 作品のなかでは、こんな風に嘯《うそぶ》いてみせる、「Haben Sie noch Lust zu lesen und zu leben? Nein. Na also.（L 170）（これでも、まだ読んで生きていきたいと思う？『いいえ』ですって。あっそう。）」

彼女はまた、ヒッチコックの映画「裏窓」を例として引き合いに出しながら、エロチックな本を読んでいると思いこんでいる読者が、じつは自分が覗かれていることに気づく感覚を、この小説で味わわせたかったとも述べている。[32] 前節で論じた『ピアニスト』にもあてはまることだが、読者は安全な位置で読書を楽しむことは許されない。男性中心の文化産業を自明なものとして消費している自分のおぞましさにふと気づくように（だれかに覗かれていることに気づくように）『欲望／快楽』は仕立てられている。このように、現実社会を飾っているヴェールを剝ぐという点において、イェリネクの小説はまさに女性の手によるポルノグラフィーであり、反ポルノグラフィーなのだ。

彼は女の乳房を嚙む。そのため女の両手は前へと突き出す。それが男をさらに昂奮させる。男は女の後頭部を殴り、昔なじみの敵である手をさらにしっかりと拘束する。自分の下僕《しもべ》たちすら男は愛していない。男は自分の性器を女のなかへ詰めこむ。音楽が叫び、体も先へと仕事を進める。工場長夫人はいささか正気を失う。そのため電球は輝くにも困難さがともなう。夫は眠っていた犬で、起こすべきではなかったろうし、まわりの仕事仲間から家に連れ戻さなかった方がよかったろう。彼は武器をベルトの下に付けている。いま彼は射撃のようにパンと音を立てる。（中略）きちんと屈んだジャンプの体勢で、工場長は妻から離れる。彼のゴミは彼女に残して。なぜならすぐに家事という落とし穴に彼女はまた抱きしめられるのだから。こうして彼女は自分が元いたところへ帰っていく。まだ太陽が沈むまでにはだいぶ時間がかかる。男は機嫌よくあふれ出させてしまうと、自分のビスケットの味わいをきれいにして、口と性器から粘液をたらしながら出ていく（L21）

Er beißt die Frau in die Brust, und dadurch schießen ihre Hände nach vorn. Das weckt ihn nur noch mehr auf, er schlägt sie auf den Hinterkopf und hält ihre Hände, seine alten Feindinnen, fester. Auch seine Knechte liebt er nicht. Er stopft sein Geschlecht in die Frau. Die Musik schreit, die Körper schreiten voran. Die Frau Direktor gerät etwas aus ihrer Fassung, deswegen hat die Birne ja auch solche Schwierigkeiten beim Glühen. Ein schlafender Hund ist der Mann, den man nicht hätte wecken sollen und aus dem Rund der Geschäftsfreunde nach Hause holen. Die Waffe trägt er unterm Gürtel. Jetzt ist er wie ein Schuß herausgeknallt. (...)In ordentlich gekrümmter Absprungshaltung fällt der Direktor von der Frau ab, seine Abfälle läßt er ihr da. Denn bald umschließt die Falle des Haushalts sie wieder, und sie kehrt zurück woher sie kam. Die Sonne ist noch lang nicht untergegangen. Der Mann hat sich heiter ergossen und geht, während Schlamm aus seinem Mund und seinem Genital austritt, sich vom Genuß seines Tagesgebäcks säubern.[33]

この小説はたんにセクシュアリティをめぐる言説ではない。性産業、男性と女性の支配関係、ポルノグラフィーの暴力を暴き出すことに主眼がある。イェリネクは『ピアニスト』で男女の力関係を転倒させたと述べていた。では男性と女性の力関係、ポルノのもつ暴力性とはなにか？　それは端的に言語である。

バッハマンを越えて

女性が「わたしは」という場合、男性が「わたしは」というときとはすでに違っている、とイェリネクは考える。女性が主体として「わたしは」と語ることの困難さ、ほとんどといってよい不可能さが、第二節の最初に述べた「女性によるポルノ執筆」を彼女に断念させた理由だった。[34]ゲルティの言動から、父権制度が強固ないまの社会では、女性が自分の声で語っても虚ろにしか響かない、自分の生の声が聞こえないという不満《フラストレーション》が読み取れるだろう。いかに語ろうとも女性の自分はちゃんと存在しているのだろうかという不安と怖れをイェリネクのテクストは具体化している。女性は、男性との関係性（妻、母など）においてしか言語の世界に参入できないという意識をイェリネクは強く抱いている。女性は男性にとっての「他者」でしかない。そして男性にとっての女性の役割は、あらかじめ男性によって定められているのだ。イェリネクの文学は、女性の登場人物が自己主張できないということを、作品をとおして訴えかけている。性的暴力と社会的暴力の両者を支えているイデオロギーの関係がここでは問われている。[35]

『欲望／快楽』は、書く喜びは女性には不可能であることの証言です。その点でまったく政治的な小説です」とイェリネクは言う。[36] それどころか彼女は「男性はわたしが書いたものを理解できない」と断言する。「主人は奴隷の気持ちを理解する必要がない。奴隷は反対に主人の行動心理を正確に学習しなければならない。[37]」

イェリネクは若いときからフェミニストであり、共産主義者であったが、芸術作品が大衆の意識を変えることができるという純朴で理想主義的な信条は、早くに捨ててしまったようである。「わたしを政治参加の作家と見做すことはまちがっている」という。[38] 芸術は現実を変えることはできない。そして、男性と女性のあいだの健全な性的関係は、現在の社会制度のもとでは不可能である。女性が社会的に成功しようと思ったら、男性にとって魅力的にならなければいけない。けれども資本主義がなくなったからといって、男女の力関係が自動的に変わるとは思えないからである。[39] それでも彼女は、社会に一石を投じようと書くことをやめない。

イェリネクはファシズム、ジェンダー、性暴力の関係に取り組んだ先駆的作家として、前章で取り上げたインゲボルク・バッハマンの名を挙げる。[40] バッハマンは、戦後オーストリア社会の日常のジェンダーの関係をファシズムの延長と捉え、「戦争」「殺人現場」にたとえた。クラウゼヴィッツの表現を捩れば、男女の関係とは「別の手段でおこなわれている戦争」なのだ[41]。

ヴィトゲンシュタインについて評論を書いたバッハマンは、ユートピアを志向し、沈黙へと向かっていった。これに対しイェリネクは暴力を露出させる実践をつづけ、とりとめもない言葉を発することを飽いてやめることがない。イェリネクの言葉はつねに過剰であり、沈黙を打ち破る存在である。「語りえぬものについては沈黙せねばならない」と述べたヴィトゲンシュタインに対し、イェリネクは「語りえぬものも、書かれなければならない」と考える[42]。

バッハマンもまたユートピアの言語、すなわち女性の言葉を創造し、語ろうとした作家であった。それを「声」の語りに託そうとしたことは、前章で見たとおりである。しかし、バッハマンは男性の視線をもった作家であることから抜け出すことはできなかった。バッハマンが残した唯一の長篇『マーリナ』について、イェリネクはこう述べている。「ひとりの女性が話すためには、男性の主体を借りなければならない。けれども彼女自身はけっしてその男性の主体ではなりえない、ということがこの小説（『マーリナ』）の主題です。けれども結局のところ、この女性が語る空間はないのです。そこで彼女（語り手の『わたし』）は壁のなかに消えるのです。[43]」

バッハマンの限界を果敢に超えるべく挑戦した成果がイェリネクの作品群といえるのではないだろうか。

注

［1］Elfriede Jelinek/ Christine Lecerf: L'Entretien. Édition du Seuil, Paris, 2007. p.22.
［2］『ピアニスト』からの引用は、Elfriede Jelinek: Klavierspielerin. Rowohlt Verlag, Reinbeck bei Hamburg, 1992 による。略号Kと、引用箇所のページ数を算用数字で示す。
［3］Ria Endres: Schreiben zwischen Lust und Schrecken. Verlag Bibliothek der Provinz, Weitra. S.77f.
［4］Alyson Fiddler: rewriting reality. An Introduction to Elfriede Jelinek. Berg, Oxford/ Providence, USA, 1994. pp.132-142.
［5］Yasmin Hoffmann: Hier lacht sich die Sprache selbst aus. in: Dossier 2. Elfriede Jelinek. hrsg. von Kurt Bartsch und Günther Höfler. Verlag Droschl, Graz,Wien, 1991. S.43.
［6］ibid. S.44.
［7］Marlies Janz: Elfriede Jelinek. Metzler Verlag, Stuttgart, Weimar, 1995. S.82.
［8］ibid. S.82.
［9］Jelinek/ Lecerf, p.44.
［10］Jelinek/ Lecerf, p.54.
［11］Riki Winter: Gespräch mit Elfriede Jelinek. in: Dossier 2. Elfriede Jelinek. S.14.
［12］Juliane Vogel: Oh Bildnis, oh Schutz vor ihm. in: Gegen den schönen Schein. Text zu Elfriede Jelinek. hrsg. von Christa Gürtler. Verlag Neue Kritik, Frankfurt am Main, 1990. S.148.
［13］Janz, S.122.
［14］Hoffman, p.120.
［15］Winter, S.14.

［16］Jelinek/ Lecerf, p.75.
［17］Hoffman, p.119.
［18］Jelinek/ Lecerf, pp. 13-14, 103.
［19］vgl. Fiddler, p.153., Alexandra Taske: Zwischen LeseLUST und PorNO: Zum Vor-und Nachspiel von Elfriede Jelineks Lust (1989). in: Elfriede Jelinek. —Tradition, Text und Zitat. hrsg. von Sabine Müller, Cathrine Theodorsen. Praesens Verlag, Wien, 2008. S. 229f.
［20］Kurier, 7. 7. 1986.
［21］田邊玲子「アンチ・ポルノを超えて――オーストリア女性作家の挑戦」（『女性学年報』第十二号、一九九一年）二九-四一ページを参照。
［22］Tacke, S.232f. また、Beatrice Hanssen: Critique of Violence. Between Poststructualism and Critical Theory. Routledge, London, New York, 2000. Capter 7. Limits of feminist representation. Elfride Jelinek's Language of Violence. (pp.210-231) も参照のこと。
［23］Fiddler, p.160.
［24］Jelinek/ Lecerf, p.64.
［25］『欲望／快楽』からの引用は、Elfriede Jelinek: Lust. Rowohlt Verlag, Reinbeck bei Hamburg, 1992 による。略号Lと、引用箇所のページ数を算用数字で示す。
［26］Janz, S.112.
［27］ibid. S.117.
［28］Konstanze Fliedl: Natur und Kunst. Zu neueren Texten Elfriede Jelineks. in: Das Schreiben der Frauen in Österreich seit 1950. hrsg. von Walter Buchebner. Böhlau Verlag, Wien, 1991. S.99.

［29］ibid. S.96.
［30］Tageszeitung, 5.4.1989.
［31］Jasmin Hoffmann: Elfriede Jelinek. Une biograhie. Èditions Jacqueline Chambon, Paris, 2005. p.123.
［32］Lust statt Pornographie. in: Rohwolt Revue, 1989. S.4f. vgl. Taske, S.241. und Janz, S.118-122.
［33］この一節に使われている駄洒落、隠語、比喩表現については以下を参照。互いに意味の関連はないものの音が似ている語の列記。逆に音が似ている別の語を連想させる用法。言葉遊びの域をこえて、挑発的な性的比喩として用いられている例（たとえば「電球 Birne」は男性器を指す）。隠語を使うことで、かえって世俗的な日常言語を想起させるやり方など。Leopold Federmair: Sprachgewalt als Gewalt gegen die Sprache. Zu Jelineks Lust. in: Elfriede Jelinek—Poetik und Rezeption. hrsg. von Walter Ruprechter. Japanische Gesellschaft für Germanistik, Tokyo, 2005. S. 21-25.
［34］Jelinek/ Lecerf, p.73.
［35］Fiddler, pp.160-164.
［36］Hoffman, p.142.
［37］Jelinek/ Lecerf, p.61.
［38］Jelinek/ Lecerf, p.96, Elfriede Jelinek in Josef-Hermann Sauter: nterviews mit Barbara Frischmuth, Elfriede Jelinek, Michael Scharang. in: Weimar Beiträge, vol.27, no.6, 1981. S.110.
［39］Fiddler, p.3.
［40］Jelinek/ Lecerf, pp.106-107.
［41］Hanssen, p.211.
［42］ibid. p.230.

〔43〕 Winter, S.14.

第五章

母を問いつめる娘

――エリーザベト・ライヒャルト『二月の影』、『悪夢』

第一節　『二月の影』

一―一　ナチスの傷痕

マウトハウゼン強制収容所。ドナウの流れの途中、オーバー・エスタライヒ州に位置したこの強制収容所は、もっとも重度の犯罪者が送り込まれ、労働条件が過酷であったがゆえに「殺人収容所」と呼ばれていた。一九三八年の開設から一九四五年の解放までに、三十三万五千人がここに送り込まれ十一万人が死亡したとされる（ブロックハウス百科事典による数字）。

すでにナチス・ドイツの敗北が濃厚な一九四五年二月二日の夜、このマウトハウゼン強制収容所からソ連軍将校を中心とした約五百名の囚人が脱走を試みるという事件が起きた。無防備な囚人たちは、直ちに追跡を始めたナチスだけでなく、鍬や桿などの農具をもった地元ミュールフィアテルの「非政治的な」住民たちの手によって惨殺された。生き延びた囚人の数は十七人という（資料によっては八人）。彼らを救おうとした住人はほとんどいなかった。これが世にいわれる「ミュールフィアテルの兎狩り（Mühlviertler Hasenjagt）」である。

エリーザベト・ライヒャルトのデビュー作『二月の影』（一九八四）は、この「兎狩り」を歴史的背景とした小説である。二月の夜、当時まだ子供だった主人公のヒルデは、兄ハンネスが匿っていたロシア人の脱走囚の存在を漏らしてしまう。ロシア人は虐殺され、ハンネスはナチス親衛隊によって処刑される。この事件以後、戦後の今日にいたるまで、ヒルデは内面に癒されぬ傷を負った。

——ハプスブルクの栄華の都、世紀末藝術の輪舞の都、そして何より音楽の都ヴィーン。毎年大勢の観光客がつめかけるこの国にも、触れられたくない、思い出したくない時代がある。一九三八年から一九四五年までの「オーストリア併合（Anschluss）」の時代である。あとから何と言い繕おうと、オーストリアが圧倒的多数の支持をもって自らのドイツとの併合を望み、ナチスを歓呼をもって迎えいれたことは紛れもない事実である。一九三八年三月十五日、ヒトラーを前に英雄広場を埋めつくした大群衆はけっして幻影などではない。

しかし「解放」後、オーストリアはナチスの責任をドイツに押しつけることに熱心に努め、一九四三年のモスクワ宣言を盾に、あまつさえ自らを「ナチスの最初の犠牲者」とさえ言ってみせた。「併合」期の犯罪について触れることは避け、過去と直接向き合おうとせず、もっぱら経済復興に力を注いできたのだった。こうした姿勢が戦後のオーストリアに様々な形で歪みをもたらしたであろうことは容易に想像できる。

ハインリヒ・ベルやギュンター・グラスを生んだ西ドイツとは異なり、戦後オーストリアの文学もまた、バッハマンやベルンハルトなどの例外をのぞいて、ナチス時代と取り組む努力をしなかった。そうした中でペーター・トゥリーニ（一九四四〜）、エルフリーデ・イェリネク（一九四六〜）を代表とする比較的若い世代の作家たちが、七〇年代後半から八〇年代に入って、自分たちの「暗い」過去の時代と取り組みはじめた。本章で論じるライヒャルト（一九五三〜）の『二月の影』も、さしあたってそうした文学的潮流のなかで迎えられ、戦時中オーストリアの犯した犯罪を赤裸々に直視し描いた作品として評価された。

けれどもこの小説は「兎狩り」を、ナチスの過去のみを描くことを意図した作品ではない。作者自身があるインタヴューで答えているように、「私にとっては、今日が問題なのです。（ナチスが）後に及ぼした影響の方に重点があるのです。」[1] それは、たとえばバッハマンのように、戦後オーストリア社会のナチス的体質との同質性を抉り出そうとする態度とは少し違う。ライヒャルトにとって問題になっているのは、何よりナチスがオーストリア人に与えた傷痕と、それが戦後社会に与えた影響・歪みなのだ。

一―二　排除されることへの不安

『二月の影』の主人公ヒルデは、先にも述べたように、「兎狩り」の際、兄が匿っていたロシア人の存在を漏らしたことによって、罪悪感という一生癒やされぬ傷を心に負った。この小説を読んでわれわれが目にするのは、このナチス時代の幼少期に犯した罪の意識、「二月の影」に今日にいたるまでおびえ、さいなまれ、苦悩しつづける一人の不幸な女性（母親）の姿である。『二月の影』は、娘エリカに「小説を書くために」という理由で、自らの過去について問いただされていくヒルデの内面の葛藤を軸に進行していく。

「生き延びる唯一の手段は忘れることだ、と小さいころ学んだ。」「だれしも悲惨な人生など送りたくない。だれだって忘れてしまいたいのだ」（F27）。[2] しかし、過去の抑圧の試みは、娘の「問いかけるような眼差し」、「ナチス時代お母さんは何をしていたの」という問いかけによってあっけなく崩壊してしまう。

いや、果たしてそうだろうか。彼女の生活は、娘から質問される前からすでに破綻していたのではないか。彼女がアルコールに溺れているのは、娘に過去を追及されているからだろうか。否、すでに幼少の頃から。

ミッチャーリヒ夫妻は『喪われた悲哀』の中で次のように指摘している。「両親の理想化は幼児期に大きな役割を果たしており、寄る辺なく傷つきやすい子供の、自分を守ってくれる全能の両親を求める気持ちを満たし、失望から生まれる攻撃性を防禦するのに役立つ。（中略）子供と両親がどうしようもない疎遠な状態に陥る場合には、子供が抱いていた理想化された自己像もまた深い失望感とともに崩壊することになる。」[3]

いま、詳しくもない精神分析についての知識を振りかざして文学作品を解釈することは避けたいのだが、上記の分析はこの小説を読む上で重要だと思われるので、お許しいただきたい。――ヒルデは両親と健全な関係を結ぶことができなかった。いつも子供を罰するための蝿叩きを持っている飲んだくれの父。父に蹴られ、自己主張せず従う母。母親も父親も、ヒルデに安定した模範像を与えてくれはしなかった。両親は、それを鏡として自分を映しながら、自己を確立してくれる存在ではなかった。その結果、彼女にとって自己とは「おぞましいなにか（abjection）」、嫌悪感を覚えながらも、そこから分離することができない苦痛にみちた存在、まったく漠然とした存在としてとどまらざるをえず、それゆえ彼女は幼少の時から空虚感を味わうことになる。[4]

その裏返しとして、「孤独になること」「排除されること」「見棄てられること」への強い恐怖感が養われ、つねにみんな（われわれ）の側に属していたいという願望が育まれたことは容易に推測できる。彼女は「もぐりこむことができる温かい場所」を求める少女になる。彼女は言う、「排除されることへの不安。わたしは突き放されたものにもう二度と属したくない。何が起ころうとも。わたしはみんなの方に属していたいのだ」（F11）。彼女が学習したことは、質問しないこと、順応することであった。兄弟姉妹も彼女にとって「ぬくもり（Wärme）」を与えてくれる存在ではなかった。いやそれどころか「姉たちこそ、わたしを最初に見棄てたのではないか。」ただ一人の例外を除いて。ハンネス。だが彼女は彼を裏切ってしまい、結果的に死に追いやったのだ。

まだ子供だったヒルデが、ハンネスが脱走囚を家の中に匿っていることを母に話してしまうのは、もちろんナチスの政治思想に共感したからであろうはずがない。ただ、誰かに自分が必要とされている、と感じたいからに過ぎなかった。

ドイツとハンネスの間で。
ドイツかハンネスか。
ドイツかハンネスか。
ハンネスのぬくもり、それともドイツのぬくもり。
家に帰る途中、彼女はドイツを取ることに決めた。（F107）

なぜなら「ドイツ、それはもう単なる言葉ではなかった。／ドイツ、それは彼女たちすべてだ。／

ドイツは彼女を偉大に、そして強くしてくれる」（F100）。「ドイツがわたしを必要としていると聞いたとき、ヒルデの中は温かくなった。」彼女が兄を裏切ったのは、それが強いドイツだったからである。「彼女はドイツのしっかりとした大地を必要としていた」（F107）。

——しかし彼女の求めていた「ぬくもり」は与えられなかった。「兎狩り」の間中、子供の彼女は「悪寒（Kälte）」を感じる。もちろんそれが家の外で行われている残虐な行為のせいだけでないことは明らかだろう。

そして戦後、彼女は決意する、「忘れてしまおう。」だが彼女はこう自問しないではいられないのだ。「それに対して忘却のあとの空っぽの感覚は心地がいい。心地がいい？　この冷たくなる感覚が」（F31）。

さらに今のヒルデは述懐する、「罪の意識はぼやけることはあってもけっして消え去ることはない、と彼女は予想していなかった」（F8）。「あの時も罪の意識。今日も罪の意識。あの時と同じように今日も思う、死んだ方がましだ、と」（F6）。

一―三　分化しえない被害者／加害者意識

けれどもわたしたちは、今日にいたるまでのヒルデの苦悩、彼女の荒廃した内面生活の原因を、この子供時代の体験、とくに子供にとっては良心に対する罪というにはあまりにも戦慄すべき体験の重さに還元して済ませていいのだろうか。先にも述べたように、この小説で重点をおいて描かれているのは、娘エリカの存在によってヒルデがいやおうなしに直面させられた、戦後の彼女の生き方なのである。

端的にいって、ヒルデの精神的態度は戦中・戦後を通していささかも変化していない。彼女はいつも自らの疎外感に悩んでみせるだけである。彼女は、「その元へ駆けよることができる」存在である夫アントンによって、忌まわしい思い出がまつわる故郷の村から「連れ出し」てもらうことができ、新しい家に住むことによって表向きの幸福を見出す。けれども彼女は夫との生活をきっかけにして自分を新たに見据えようともしないし、自己を夫との人間関係の中で打ち立てていこうともしない。いつも受け身なのである。その良い例が、夫の死後、参加しないことによって他の住人の目を惹かないために、つまり締め出されることが恐いがために、夫が党員だったSPÖ年金者協会に入会するエピソードである（第四章）。

結局のところヒルデにとって、自分とは、クリステヴァの表現を借りるならばabjection、すなわち主体でも客体でもない、ただ「おぞましいもの」「恐ろしいもの」「汚れたもの」として曖昧な存在として止まっている。それはなぜか。彼女は自分に対して、加害者であるという罪の意識と同時に、ナチス時代の被害者である、という感情を根強く抱いているからである。なぜ自分だけがこのような理不尽な目にあわなければならなかったのか。ヒルデには自分の加害者としての責任を忘れようとして、むしろ自分を犠牲者の立場と見做そうという願望が強くあらわれる。それは、とりわけ（戦争を知らない）娘エリカに自らの過去について説明を求められたときに顕著になる。

このように彼女の内面では加害者意識と被害者意識があまりにも複雑に混じりあい、分化しえない状態にあるので、自らを明確に対象化することもできずに、ただ「おぞましいもの abjection」としてしか感じることができないのだ。

そうである以上、ヒルデは「二月の影」におびえつづけるだろう。そしてまた彼女にとって「不幸の意識」は消え去ることがないのは明らかだろう。わたしは最初に、この作品で問題になっているのは、ナチス体験そのものではなく、今日それがオーストリア人に及ぼしている影響（傷痕）である、と述べた。

「過去は死ぬことはない。それどころか過ぎ去ろうともしない」とはクリスタ・ヴォルフが『幼年期の構図』に引用したあまりにも有名なフォークナーの一節であるが、オーストリア人にとってもいまだ過去は過ぎ去ろうとしないのである。

一―四　予定調和の言葉を超えて

この小説が、ヒルデの娘エリカが、（歴史を担ってきたとされる男性ではなく）これまで「見過ごされてきた（übersehen）」性である女性、つまり母親の存在について小説を書くために、母に過去のことを訊ねていくという、母と娘の対決を原動力として進んでいくことはすでに触れておいた。「娘は生涯にわたって沈黙してきた母親に言葉を与え、忘れていた歴史を返そうと望む、その歴史にまさに言葉が欠けているがゆえに」とコンスタンツェ・フリードルは指摘している。「支配的言語の使用は主体をおとしめるだけであるが、主体が自らを構築しようとすればこの言語を用いるしかない。このアンビヴァレンツの緊張した領域においてライヒャルトの作品は展開する。[5]」たしかにザルツブルク大学で歴史を修めたライヒャルトは、自分が生まれ育ったミュールフィアテルで起きた「兎狩り」について調べようとした。ところが、「沈黙の厚い壁」にぶつかったのだという。この「沈黙の厚い壁」を打ち破ることがライヒャルトの創作意図であったと考えてもよいだろう。

しかしここはもう少し別の見方をすべきではないだろうか。

ライヒャルトには「マウトハウゼンはどれだけ疎遠か？」という短いエッセイ風の短篇がある。その中で、マウトハウゼンで働いていたことがある歴史家の主人公の「わたし」(作者自身を思わせる)はナチス時代のレジスタンスについてインタヴューしたいと申し込まれる。「わたし」はインタヴューの最中考える。「もう自分自身に対して全ての問にあらかじめ答えを用意している人物の質問に答えることはなんと気が重いことだろう。[6]」訊く側もはじめから答えを予測し、答える側も期待されている答えに沿って受け答えする予定調和的な対話。このような「言葉」こそ乗り越えられなければならない。このような言葉では語りえぬ事柄（歴史）を娘は母の口から聞き出そうとしたのではないか。

それに対して、母ヒルデは当然のことながら抵抗する。自分が娘の小説に描かれることに対して、自分の赤裸々な内面があからさまに暴かれていくことに対して。彼女は「加害者—被害者」という両天秤の間に心地よい位置を見つけ、精神的にその位置に安住し、それが脅かされることを恐れるのだ。ヒルデは娘の紙屑箱に捨てられた娘の小説の原稿を読む。「この途切れ途切れの文章にあらわれた女。この女はわたしではない。娘が作り出した妄想だ」（F74）。「あの子が眠ったらすべてを読まねばならない」（F75）。

実際あの子がわたしについて書くなんてお笑い草だ。どうやってあの子はよく知りもしない自分の母親について書けるというのだろう。あの子はわたしのことなど知りはしない。わたしだってあの子のことはもうしばらく知らないのだから。

これはわたしの人生。あの子の人生ではない。わたしの人生はあの子のものとなんの関係もない。何も。どうしてあの子はわたしの人生に干渉してくるのだろうか。わたしはあの子の人生に干渉できなかった。彼女が抵抗したから。徹頭徹尾。結局わたしも自分を守るすべを学ばねばならない。さもないとあの子はわたしの人生を好き勝手に扱ってしまう。（F75）

ここにあるのは、母のナチス時代からの過去に「言葉」をもたらそうとする娘と、自己が公衆の面前で奪われ、あからさまに対象化されることを恐れる母親、「おぞましいもの」でありつつも、自らと未分化であり曖昧な存在としてやり過ごそうとしてきた自分の姿がはっきりと言語化されることに対する——それを通しての——母と娘のぎりぎりのつばぜりあいである。

「犠牲者が何かを思い起させたり、証明したり、何かのために証言したりする、というのは嘘っぱちだ。それはもっともひどい、もっとも思慮を欠いた、もっとも拙劣な文学化（Poetisierung）のやり方だ。」インゲボルク・バッハマンは戦争で視力を失った犠牲者に向けた講演の中でそう明言している。[7] しかしライヒャルトの登場人物は、作者によって犠牲者に都合よく仕立て上げられたりしたのではない。自らの存在をかけてぎりぎりのせめぎあいを読者の前で繰り広げるのだ。

一—五　母への娘の追及

それではエリカはなにゆえ執拗に母ヒルデの過去を問い糾そうとするのか？

これまでみてきたことから、母ヒルデが娘エリカにとって、やはり自己を映す像としてはあまりにも頼りにならない存在であることはもはや言を要すまい。両親の審級が弱いために、彼女もまたアイデンティティの確立が順調に進まない。

エリカが核戦争に抗議している共産主義者である、という設定は興味深い。この場合、共産主義とは、民族主義の枠を越えたもの、国際主義・普遍的イデオロギーの謂いであると理解しておくべきであろう。彼女にとって、両親はいうまでもなく、オーストリアもアイデンティファイできる故郷ではなかった。だが共産主義への傾倒もエリカの精神的安定には効果をもたらさなかった。彼女は両親の元へ戻ってくる。だが父アントンは、ナチス時代について、「もしわしがナチスだったら戦後ＳＰÖに入党できなかっただろうさ」（Ｆ22）と答えて娘をいたく失望させる。

エリカが「わたし」という言葉を発するには、一九三八年ナチスを歓呼をもって迎えたオーストリア、そして戦後は犠牲者面をしたオーストリアに対する齟齬感が決定的な障害になっている。オーストリアの欺瞞性への不信感。とくに、ナチス時代「受け身」の存在であったとして、その役割が「見過ごされてきた」女性、母親の態度。それをうやむやのままにすまそうとする母ヒルデの態度。娘エリカにとって、それを知ることこそが、彼女の「自分」を形づくっていく上で原点となるべきもののはずであり、それだからこそ母に対するエリカの追及は執拗に、真剣になる。エリカも、一度は共産主義に身を投じたものの、結局（ヒルデ同様）自分を見出せないで苦悩しているのである。

次に、この小説の構造を通して、母娘の対立関係ではなく、ふたつの世代の精神的反復性について論述を試みたい。

一―六　誰の語りなのか

ここまでわたしは『二月の影』の小説としての語りの構造についてはごく簡単にしか触れてこなか

った。

この小説は、主語が一人称、二人称、三人称（「彼女」「ヒルデ」）という三つの人称で書かれている。そして一読して見る限りでは、視点人物はヒルデのように見える。すでに再三指摘してきたように、ナチス時代の記憶に苦しみ、娘に問い糾されて、これまでの自分の人生をふりかえることを余儀なくされた一人の女性の困難な自己告白——ときには自己呪詛——のように。（それに対して娘エリカの姿は、もっぱらヒルデの視線を通じて描かれるのみである）[8]

——しかし、エリカが母ヒルデについて小説を書いていると知るとき、われわれ読者には、この『二月の影』という小説自体がエリカの小説の原稿ではないか、という疑いが生じてくる。もう少し詳しく見るなら、一応一人称で書かれた部分はヒルデの告白、三人称の部分はエリカの小説と分けられるかもしれない。けれどもこのような線引きの試みはあまり意味がない。どこまでが読者に示されたヒルデの現実の姿なのか、どこまでがエリカによる創作の母親——娘の「妄想」——の姿なのか、読者には截然とは線が引けないように、意図的に読者に開かれたままこの小説は書かれている。[9]

この作品の文体の特徴として、短い文章の繰り返しが挙げられる。一例を挙げると、

Er hat mich verlassen.
Hat mich in dem Haus gelassen.
In diesem kalten blutig beschmierten Haus.（F 92）

彼はわたしを棄てた。
わたしを家に残した。
この冷たく血で汚れた家に。

このようなたたみかけるような文章の積み重ねによって、ヒルデの切迫した精神状態が読者に迫ってくる。一-四で触れた言葉の問題に相関していうなら、胸苦しいまでの文章でこの小説は書かれている。あるいは先に引用した一節（の原文）。これなどはヒルデ自身の切実な内声の吐露と読める。——しかし、これもまたエリカの手によるものという可能性を読者は否定できない。

つまりは、娘（の世代）のエリカも、小説を書くという行為によって本当の意味での「言葉」に向かい合い、母ヒルデと同化し、母の苦悶を反芻しているのだ。そのことを示すことこそ、複雑に何重にもめぐらされた語りの構造をこの小説で採った作者ライヒャルトの意図だったのではないだろうか。[10]

一-七　ふるさととの喪失感

以上、母ヒルデと娘エリカの精神的類似性について述べてきた。母ヒルデは「兎狩り」の暗い体験が直接のきっかけになって、自己を未分化のままにただ「おぞましい何か」——とりもなおさずナチス時代に後ろ暗さを感じるために彼女にとって「おぞましいもの」である——としか感じることができず、内面的に不安定を抱えて生きている。娘エリカの方も、自らのルーツ、すなわち両親の過去が沈黙にとざされ、ごまかされてきたために母親同様真の自分というものを見つけられないで苦しんでいる。二人とも「わたし」と言う困難、すなわち「わたし」という語を発しようとしたとき、自己のうちに広がる違和感、漠とした不安な領域の存在に脅かされないではいられない、という自己の寄る辺なさに苛まれている。それがふたりをして「幸福な」日常生活を送ることを阻害している。

『二月の影』がヒルデが戦争中に体験した事件の特殊性を描こうとした作品でないことは、これまで再三強調してきた。そうではなく、「今日」のオーストリアが問題になっているのだ、と。

ローベルト・メナッセは、第一次世界大戦敗戦後のオーストリア社会を論じた評論を『特性のない国』と題した[11]。すなわちハプスブルク帝国の瓦解後、帝国下の諸民族が、原則として「民族自決」のスローガンの下、まがりなりにも《国民＝国家》建設を果たしえたのに対し、オーストリアだけが、ドイツの強大化を懼れる連合国諸国によってドイツ共和国への編入が禁じられ、結果的に「ドイツ人国家でありながらドイツ人ではない」というオーストリアの屈折した特性が生まれたのである。そもそも「オーストリア」という呼称が、神聖ローマ帝国末期に誕生した時の、奇妙な経緯を知るものにとって、オーストリアが何がしか「負の場」「空虚の求心力」としてしか定義しにくいことは自明のことであろう。

それゆえメナッセは、世論調査を踏まえてごく簡潔に、人々にとって「オーストリアは国家ではあるが故郷ではない」といってみせた。このオーストリアの「故郷喪失（Heimatlosigkeit）」の原因について彼はつぎのように述べている。連合国軍に破壊されたブルク劇場やオペラ、工場や鉄道は戦後すみやかに修復されたが、ナチスによって破壊された「ふるさとという感情（Heimatgefühl）」は恢復しなかった、と。

先に引いた「マウトハウゼンはどれだけ疎遠か？」のなかに次のような一節がある。

ふるさとという言葉をピヒラー氏は使った。だってあなたのふるさとでしょう。――まぁそういう類のものですね。それで、即座にわたしは「いいえ」と答えた。ピヒラー氏は間違ったのかと思ったらしい。「しかしあなたはこの地方の出身でしょう。」そういうならそうだ。そう言うと、ピヒラー氏は満足した。

すでに国民学校の第一学年で「故郷（Hoamatland）」という言葉にくすくす笑いがおこった。[12]

戦後、経済復興をとげるかたわら、オーストリア人は心のどこかに疚しさを感じつづけ、それを拭いさることができなかった。次節で取り上げる『悪夢』で反ユダヤ感情を扱ったライヒャルトは、自分たちを「アイヒマンの子供」と呼んでいる。『二月の影』を書いたときも「自分たちは何かしら罪がある（schuldig）と感じていました」といっている。

いま「疚しさ」と書いたばかりだが、しかしこれをナチス時代の犯罪に対する疚しさととるのは単純すぎるだろう。ふたたびメナッセの言葉を借りるなら、「オーストリアの犠牲者―犯罪者―弁証法（Opfer-Täter-Dialektik Österreichs）」こそ、戦後のオーストリア人の心のしこりの原因であり、ライヒヤルトの「schuldig」という言葉も、このオーストリア人の二枚舌的な精神構造に対する負い目と解すべきだろう。オーストリア人の「ふるさとの喪失感」が、この「犠牲者―犯罪者―弁証法」意識によるものであることはもはや言うを俟つまい。

なにゆえ『二月の影』において、ヒルデのみならず娘エリカの世代までが描かれているのか。オーストリアは加害者意識と被害者意識に安易に安住するばかりで、自らを直視しようとしない。その結果としての自己の内の空虚感(「ふるさと喪失感」)。親の世代の記憶が年月を経て空洞化していくなかで、この漠とした空虚感だけが世代をこえてオーストリアを覆う。ライヒャルトは、ヒルデとエリカという母娘の姿を通して、戦後オーストリア社会に潜むねじれた暗部を露にしてみせた。

ペストがはやろうと、株が暴落しようとワルツやポルカに浮かれ騒いで帝国の没落に気付かぬふりをしてきたオーストリア。マウトハウゼンについてもまた同様に、見てみぬふりをして済ませられるというのがオーストリア流なのだろうか。しかしナチス時代の亡霊は人々の間を今なおさまよっているのだ。ライヒャルトの『二月の影』はそのような現代オーストリアの欺瞞性を撃つ。次節では、オーストリア社会に根強くはびこっている反ユダヤ主義について、彼女の大作『悪夢』(一九九五)を読んでいこう。

第二節　『悪夢』

二―一　《現在》を描く

先に紹介したとおり、ライヒャルトはつねづね自分の創作活動において、「わたしにとって『今日』がテーマなのです」と主張してきた。たとえ過去、例えばナチス時代を取り上げることがあるにせよ、過去が現在に及ぼしている影響の方に重点があるのであって、つねに《現在》を描くことに彼女の視座は置かれているのである。

前節で解釈を試みた『二月の影』も、たしかに俗にいう「ミュールフィアテルの兎狩り」が題材になっている。しかしここでは作品発表当初の批評がいうような、過去の掘り起こし、つまり戦時下のオーストリアにおける蛮行を摘発することに主眼があるのではない。マウトハウゼン強制収容所から脱走したソ連軍将校を匿っていた兄ハンネスを密告した主人公ヒルデの、戦後の日常生活における精神的荒廃を、いかに浮かび上がらせるかに、作者の力点は懸かっている。

『二月の影』は、戦争を子供の頃体験した、いわゆる戦後第一世代に残る心のしこり、疚しさを描こうとした作品である。このしこりが一面的でないこと、すなわちこの世代がファシズムの犠牲者であり、かつまた加害者であるという複層性を有していることは言うまでもないだろう。（メナッセのいう、オーストリアの「被害者―加害者―弁証法」。）

オーストリアは、一九四三年の連合国によるモスクワ宣言によって、「ナチス・ドイツの最初の犠牲者」と認定され、いわばそれを免罪符に、戦後の第二共和国は、ナチス時代に自国が犯した犯罪についてに頬かむりをきめこんできた。暗い過去には背を向け、冷戦時代、非同盟中立を国是に、ただ経済復興にいそしんできた。西側陣営に属していた旧西ドイツが、国際的に過去との取り組みなしには（少なくとも表向きには）存在が許されなかったのとは対照的である。ヴァルトハイム事件をきっかけに、オーストリアの戦争責任論が論究されるようになったのはごく最近の現象にすぎない。[13]

「臭いものには蓋」式の人生を戦後送ってきた『二月の影』のヒルデの内面の屈折、自らの恥部から目を背けることによって、自身のアイデンティティもまた確立できないまま、表面的には平穏なしかし内面的には空虚で荒廃した生活を送っているヒルデの姿は、そのまま現代オーストリアの姿にもつながる。

二―二　錯綜した語り、二重言語

『二月の影』が戦後第一世代を描いたものだとすれば、本節で論じる『悪夢』（一九九五）は戦後第二世代、戦中または敗戦直後に生まれた世代を描いたものだといえる。[14] 主要登場人物は四人。年齢はいずれも四十代後半くらいと思われる。

四人の登場人物、コマーシャルフィルム製作者のイングラム、劇場の演出助手のパウラ、劇場の学芸員のルドルフ、そして小説家を夢見るマルレーンは、博士号学位取得を記念して、毎年晩餐会を開いている。しかしその食卓には本来いるはずの五人目の人物、ユダヤ人のエスターの姿がない。学生時代、演劇に熱をあげていた仲間同士だった彼らは、しかしエスターが妊娠して四人の助けを求めたとき、彼女を見棄ててしまう。その直後からエスターは彼らの前から姿を消す。この長篇は、自分たちが裏切ってしまったエスターへの関係をきっかけに、四人の胸中で次から次へと紡ぎだされていく回想という形で進んでいく。

ところで『悪夢』の語りはきわめて重層的で、難解である。四人の登場人物を語り手としているが、知らない間に視点人物がスライドして入れ替わったり、三人称の描写が一人称の独白に推移したり、さらにある人物が別の人物のことを二人称 du で呼びかけながら描写したりする。またそれぞれの語りのなかで、時間が現在から過去へと自由に行き来したりするだけでなく、非現実話法が多用され、「あのときこうだったら……」と仮定と現実が混在する。小説的現在は一日か二日だが、実際に描かれるのは五十年、あるいはそれ以上にわたる。

このように輻湊する語りのなかで、しだいに読者の前に彼らの内面が暴かれていくわけであるが、すぐ気づくのは四人の語り手の荒涼とした内面風景である。同郷で、演劇家への情熱を共有しあっていた若者たちの成れの果て、夢に挫折した姿。たとえばイングラムは自分の現在の生活を「昏睡状態」と形容する。

彼らの人間関係は当然のことながら疎遠なものである。しかし疎遠でありつつ、どこかで依存し合っているという淫靡な世界が展開される。文中では「Heimattrog」、つまり同じ飼い草桶から餌をあさった仲間という言葉が用いられる。

オーストリアというどちらかというと閉鎖的、村社会的な空間の居心地のよさは、一つには共同体の傷口をみんなで隠蔽していることに由来しているのではないか。この『悪夢』という小説の場合、その傷口とは反ユダヤ主義である。それはエスターに対する（本人たちにとっては無意識のうちの）裏切りというかたちで現れる。

では四人がはっきりとした反ユダヤ主義者か、といえばそうではない。現実に、今日ドイツ語圏で自覚的に反ユダヤ主義を唱えるものは、右翼でもない限りないだろう。しかし潜在的には？　そこがこの小説のポイントである。

一見すると四人はむしろ親ユダヤ主義者である。エスターが、富裕な学生生活を送っている四人に対して、ユダヤ人であるがゆえの両親の苦労を、貧しい移民の子として生まれた苦労を語るとき、パウラは答える、「わたしはこう言うしかないわ、私たちはアイヒマンの子供だ、と。」

ここで四人の身分を思い起こそう。四人は博士号を持つインテリ階層に属する。インテリといえば、まがりなりにも過去の歴史を反省し、それをよく学んだ層といえよう。過去の過ちについて、意識的に真摯であろうとする。エスターに対する四人の態度も、差別的なところは見受けられない。だが果たしてどうだろう。「私たちの心地よさを守るために、時にははっきりと口で時には無言のうちにエスターをさんざん殴りつけたのだ」とマルレーンは弁明するのだが。次の引用はエスターについてのイングラムの回想である。（原文は注［15］に引用した。）

……エスターはとっくにぼくたちの心の中を見透かしていた。ぼくたちから手を引き、さっと消えてしまった。「反ユダヤ主義者となんかかかわりたくないわ」と面と向かっていうこともなしに。あの聞きなれた言葉で、ぼくたちを、結局は身構えができている罪の意識に引き渡してしまわないで。もし彼女がはっきりそう言ってくれたなら、きっとこうぼくは答えられたのに、ぼくたちが反ユダヤ主義者だなんてまったくお笑い草だ、と。そしてぼくはエスターに訊ねたかもしれない。いや、ぼくたちのグループへの緊急着陸についてはきっと訊ねなかっただろう。「それじゃ、どうしてきみはぼくたちみたいな反ユダヤ主義者と長年つきあっていられたのか、どうしてそんなことを我慢していたのか」と。ぼくたちの身内意識（Heimattrog）には、虐殺の歳月とつりあうようなものはない。彼女の歴史に、ぼくたちの歴史を持ち出すなんて考えられない。この国は殺人願望と一緒に、ぼくたちをひとり放り出した。だったら、こう言ったかもしれない、「もちろんぼくたちは反ユダヤ主義者だ。」さもなくば、一夜にして聖別された者たちのあいだで、ぼくたちはいったい何者なんだ？　ただ、ぼくたちはこの恥辱を誇りになんかしていない。ただぼくたちは、このさまざまなバカげた先入観のなかでもっともバカげた先入観を見抜こうと苦労して、そいつに片をつけてしまおうと骨折った。道路掃除人のようにぼくたちのなかの汚れを毎日きれいにしているのさ、エスター。一つ一つの言葉が、エスターにまつわるものとなればたちまち特別なものになってしまった。愛され、羨まれていたエスター。ぼくたちは単純に、この他人の尻拭いをしなければいけない物語のない歴史に耐えに耐えてきたのだ。ぼくたちが親に望まれて生まれてきた子供だって？人並みの暮らしをする権利くらいもっているはずだって？　だけど（過去の歴史ゆえに）当たり障りのないつきあいを彼女とはできなかったじゃないか。「昔はきみたちがものの数には入ってなかった。今はぼくたちの方だ。」この昔と逆の結論を、ぼくたちは今にも口をついて出そうになる気持ちを押さえつけていたんだ。……[15]

ここに認められるのは、一読すればユダヤ人に理解をもっているかのような言説である。が、やがてこれが親ユダヤ主義者の仮面をかぶった潜在的なアンチ・セミティストの自己弁明であることに気づくだろう。この場面で、イングラムの口調は回想が進むうちに微妙に変化していく。エスターに対する抗弁、それどころか論難の色調さえ帯びているといえる。ユダヤ人へのオーストリア人の居直りともいえる。

文体もきわめて複雑で、句点なしに果てしなくつづられる釈明は、話者の精神的うろたえを反映しているようにみえる。最後の方では、接続詞、動詞などがどんどん脱落して、意味がとりにくくなっている。

ここでライヒャルトが用いているのは「二重言語」の手法である。話している本人は意識していないが、聞き手あるいは読み手には、はからずも無意識の語り手の本心が暴露されていく仕掛け。『悪夢』全篇がほぼ、この二重言語によって記されている。しかも先に述べたとおり、この小説の語りは視点人物が激しく交替し、時間も縦横に行き来するので、四人のモノローグは錯綜しつつ――その上たびたび誰が語り手か判然としなくなる――、全体でひとつの巨大な織物を構築しているように読者には感じられるのだ。二重言語の使用と、錯綜したモノローグのうねりのなかに読者は呑み込まれながら、まさに先ほど「Heimattrog」と呼んだオーストリアの醜悪なメンタリティーを、容赦なく見据えさせられることになる。

二―三　連帯無責任

『二月の影』のヒルデ、すなわち戦後第一世代は、幼少期であったかもしれないが「暗い時代」を体験しているのに対し、『悪夢』の登場人物、戦後第二世代は直接戦争を知らない。『悪夢』では「どうして戦後生まれの人間が、罪の意識なしに生きていられるのか？」を問いたかった、とライヒャルトはいう[16]。

人間関係が疎外されていることは、先にも少し触れた。それは同世代どうしだけでなく、むしろ親との関係に端的に現れている。ルドルフの母は彼に機関銃掃射を浴びた体験を話し、「平和について語るやつがいたら、それがだれにとっての平和か気をつけるんだよ」など陰惨な教訓を息子に与えるのだが、ルドルフのそれに対するコメントは「母さん、あなたの言葉を聞いても、もう脂汗もかかない」というものだ。

イングラムの家族には、もっと残酷な物語が隠されている。イングラムの祖母はネヴァという少女を戦中ひそかに匿っていたのだが、その娘を前線から帰省した息子（イングラムの父）に「抱かせた。」その直後にネヴァはナチスに自首する。「わたしらのような人間には耐えられなかったから」と祖母は孫に淡々と語る。一方、彼女の母の両親はナチスの情報提供者だった。母はイングラムに繰り返しいって聞かせる。「これっぽっちの良心もなかったあたしの親が、あたしの不幸の原因なのよ。呪われた内通者！　まんまとわたしを自分らの犯罪に引きずり込みやがって！」母は、イングラムが十代のころ、ナイフで自らの首を切断し自殺する。

その他「母が妊娠しなかったら両親は結婚しなかっただろう」というパウラや、やはり親がスロヴェニア人のナチスの協力者であったため、終戦後村を追われたマルレーンにせよ、それぞれ傷を抱えた親と子供の間には、コミュニケーションが完全に欠落している。

旧西ドイツの学生運動が、ナチス時代を隠蔽しつづける親への不信と反抗を一つの動機にしていたのに対し、イングラムたち四人は親の過去にはまったく無関心、無感動といってよい。

どうして彼らがこれほどまでに無関心でいられるのか。それは親たちが子どもの頃の戦時中の体験によって内面をいわば破壊されたために、それゆえ親が子育てにおいて、子に対して満足な人間関係を築くことができなかったために、子どもの方も何事にも無感覚《アパシー》になってしまったと説明できなくもない。それに加えて、彼らが生まれた村の閉鎖性・閉塞性と関係があろう。これまで述べてきた用語を使えば「Heimattrog」である。

連帯責任ならぬ連帯無責任。互いに疎遠でありながら、お互いの傷には気づかないようにするぬるま湯状態。このような表向きには安穏な暮らしのなかで成長した四人の主人公たちの前に突然現れた異物。それがユダヤ人エスターだった。

小市民がみせる突然の攻撃性。エスターの出現によって、彼らがこれまで（意識的・無意識裏に）抑圧してきたこと、「忘れてしまおう」という決意、沈黙を守ること、面倒なことは知らないでおきたいというメンタリティー、彼らを防禦してきてくれたそれらの欺瞞性が一挙に剝き出しにされる。エスターの存在は、彼らの「痛いところを突く」ものだった。小心な彼らがその反動としてみせる残忍な暴力性。

二四〇ページにわたって展開される四人のモノローグ（したがって全体としてはポリフォニック）は、エスターをきっかけに紡がれる。エスターが意図しなくても、彼女の存在自体がすでに四人にとって《挑発》となっている。四人が無意識のうちに抑圧してきたものが、彼女の存在によって内から噴き出してくるからである。触れないでおきたい自らのうちの暗部をやり過ごすことができないと分かったとき、彼らは防禦から一転攻撃に転じる。そのとき無防備に出てくる感情が、たとえば先に長々と引用したイングラムのそれである。

だが自らの偽善性に気づかされた彼らは、エスターが彼らの前から姿を消した後も、エスターの記憶、彼女の亡霊と向き合わざるをえない。『悪夢』の小説的現在は、エスター失踪後数十年を経ているが、四人はそれでも不在のエスターによって、回想することを、いわば強いられている。そして自らの偽善性を否定しようと自己弁護すればするほど、本人は気づかないうちに、ますます彼らの内部に隠れていた醜悪さが白日の下に晒されていくのである。

二―四 「負の場」に暮らす人々の、危ういメンタリティー

ナチスの被害者であり、しかし加害者であったこともいやいやながら認めざるをえないことは、ホロコーストについて否応なく謝罪せざるをえなかった旧西ドイツとは違って、オーストリアの過去に対する感情を複雑にねじ曲げたことはたしかだろう。その結果、過去との取り組みが戦後長らく等閑視された。このような環境のもとに成長した戦後第二世代に属する『悪夢』の登場人物たちは、自らが負の遺産を抑圧した形で親から継承していることすら自覚できない。そして、それゆえにエスターに加えた有形・無形の精神的暴力に対しても罪の意識を明確に対象化することができない。あるいは漠然としか感じることができない。

そうしたあり方がオーストリアという「Heimattrog」では許されてきた。それは、前節に述べたようにオーストリアという国家が、ドイツと異なり、《国民＝国家》ではなく、いわば概念上の容器に

すぎないこと、加えて冷戦下の中立政策——それは連合国によって押し付けられたものだったが——によって、自らのアイデンティティを東西両ドイツのように積極的に再構築しなくても済んだことと、深くかかわっている。

今述べた理由から、オーストリアがvölkisch（国民的＝民族的）なモーメントを免れていること、それをある意味でオーストリアの国際情勢のなかでの非党派性のアピールに利用してきた、といえるだろう。「負の場」「空虚の求心力」としてのオーストリアの特性のなさが、近代の《国民＝国家》に替わるある種のモデル——それはハプスブルク帝国を教訓にするという形を取ることが多い——を提供しうるかのような錯覚を、ふり撒いていたといえなくもない。そのコスモポリタニズムを否定するつもりはないが、実際のオーストリア人のメンタリティーは、今ライヒャルトの小説を通してみてきたように、非常な危うさをもっている。このメンタリティーを直視することがなければ、オーストリアは文字通り単なる負の場でしかなくなってしまうだろう。

注

［1］Christina Schweghofer: Wir haben uns selber betrogen —Steyregg, Tokio, und retour: Annährung an Dichterin Elisabeth Reichart. In: Die Presse, 17/18. 6. 1990.
［2］Elisabeth Reichart: Februarschatten. Otto Müller Verlag, Salzburg, 1984. 本書からの引用箇所は「F」で示す。

［3］Alexander und Margarete Mitscherlich: Die Unfähigkeit zu trauern. Piper Verlag, München, 1967. S.244. なお、この本の内容に即してオーストリアの Trauerarbeit に関して述べるなら、ハプスブルク帝国崩壊時に「喪の過程」をきちんと体験しなかったことが、この国に禍根を遺したといえるだろう。

［4］abjection の概念については、Julia Kristeva: Pouvoirs de l'horeur. Seuil, 1980 およびジュリア・クリステヴァ「おぞましき作家セリーヌ」（三浦信孝訳）、『海』一九八二年一月号参照。

［5］Konstanze Fliedl: „Frag nicht mich, befrage die Worte." Elisabeth Reicharts Versuche, jene Sprechen zu bringen, die zum Schweigen gebracht werden. In: Michael Cerha (Hrsg.) Literatur Landschsft Österreich, Brandstätter, 1995. S.84.

［6］Elisabeth Reichart: Wie fern ist Mauthaisen? In: La Valse. Otto Müller Verlag, Salzburg, 1992. S.160.

［7］Ingeborg Bachmann: [Auf das Opfer darf keiner sich berufen] In: Christine Koschel u.a.(Hrsg.): Ingeborg Bachmann Werke IV, Piper Verlag, S.335.

［8］たとえば以下のような描写を参照。「エリカがなにについて小説を書いているのか、と知り合いに訊かれたら、わたしはなんといったら？　きっとまただれかに訊かれるだろう。」（F74）

［9］例を挙げると、一人称で書かれた、幼いときに飼っていた黒猫のエピソード、また子どものころ看護師になりたかったという述懐は、やはり一人称で書かれた後ろの章（娘の書いた小説を読むシーン）で、「わたしは黒猫など飼ったことはなかった」「看護師になりたいと思ったことなど一度もない」と打ち消されてしまう。

［10］じつはもっと具体的にはっきりしたかたちで、ライヒャルトはヒルデとエリカの精神的試練から受けた苦痛の相同性を描いている。Erika weckte Hilde, Sie habe um sich geschlagen. Geschrien.（F83）この二月の夜の出来事を母から告白されたエリカも、その夜ベッドでのたうちまわる。Hilde hörte, wie sich die Tochter im Bett herum wälzte.（F113）

［11］Robert Menasse: Das Land ohne Eigenschaften. Suhrkamp Verlag, Frankfurt am Main, 1992. S.103.

［12］Wie Fern ist Mauthausen. in: La Valse, ebd. S. 152f.

［13］たとえば、Werner Bergmann, Reiner Erb und Lichtbau (Hrsg.) Schwierige Erbe. Der Umgang mit Nationalsozialismus und Antisemitismus in Östereich, der DDR und Bundesrepublik Deutschland. Campus Verlag, 1995. 参照。邦訳は「『負の遺産』との取り組み」（岡田浩平訳、三元社、一九九九年）。

［14］Elisabeth Reichart: Nachtmär. Otto Müller Verlag, Salzburg, 1995. „Nachtmär“とは字義どおりに訳せば『夜のお噺』となろうが、英語のNightmareと懸けているので、本論では『悪夢』と訳した。ライヒャルトはこの点について、筆者に宛てた手紙のなかで、「一種の言葉遊びです」と説明している。

［15］. . . es war Esther, die längst durchschaut hatte, die ihre Hand von uns zurückzog und einfach verschwand, anstatt uns auf den Kopf zuzusagen, mit Antisemiten will ich nichts zu tun haben, um uns mit diesem vertrauten Wort unseren ohnedies ständig in Alarmbereitschaft liegenden Schuldgefühlen zu überlassen, wir und Antisemiten, einfach lächerlich, hätten wir antworten können, und ich hätte sie gefragt oder hätte sie vielleicht nicht gefragt nach dieser Bruchlandung, wieso sie dann jahrelang mit uns zusammengewesen ist, uns all die Jahre ertragen hat, wenn wir solche Antisemiten sind, in diesem Heimattrog gab es nie ein Gegengewicht zu den Mörderjahren, undenkbar, ihrer Geschichte unsere entgegenzusetzen, alleingelassen hat uns dieses Land mit seiner Mordsehnsucht, und vielleicht hätte ich gesagt, natürlich sind wir Antisemiten, was sollen wir denn sonst sein inmitten der über Nacht Heiliggesprochen? Nur sind wir nicht stolz auf diesen Merkel, nur bemühen wir uns, dieses lächerlichste aller lächerlichen Vorurteile zu durchschauen und es abzulegen, wie ein Straßenreiniger kehren wir täglich den Schmutz aus uns, mea culpa, Esther. Jedes Wort wurde zu einem besonderen Wort, sobald es Esther betraf, geliebte Esther, beneidete Esther, wir waren einfach überfordert mit dieser geschichtslosen Geschichte, die wir auszubaden hatten, wir besonderen Wunschkinder, wir Rechtfertigungen für ein anständiges Leben, ein harmloser Umgang mit ihr unmöglich, jede Regung, die sonst selbstverständlich ist, haben wir brustgeschwellten

Beherrscher des Umkehrschlusses: früher hättest du nicht gezählt, jetzt zählen wir nicht, unterdrücht, . . .

［16］ライヒャルトより筆者への手紙。

余録

現代オーストリア文学小史

モーツァルトやベートーヴェンに代表される音楽の都。クリムトやシーレの世紀末芸術の耽美的世界。そしてミュージカル「エリザベート」。かつてのハプスブルク帝国にロマンチックなイメージを重ね合わせる人は多いだろう。しかし現代オーストリアの文学事情はザッハー・トルテのようには甘くない。むしろ激辛である。

第二次世界大戦後、連合国によって共同統治されていたオーストリアが独立を回復するのはようやく一九五五年のことである。一九三八年にナチス・ドイツに併合されたオーストリアは、一九四三年のモスクワ宣言により「ナチスの最初の犠牲者」というお墨付きを与えられ、東西冷戦のさなかに永世中立国として、分断された東西ドイツとは違う歩みをはじめた。過去におけるナチスへの加担問題には頬かむりし、みずからを「被害者」と見做すことで、歴史の負の遺産と対峙するのを避けてきたのである。外交では中立政策を掲げる一方、内政では、両大戦間、社会民主党と国民党の対立がナチスの介入を許した経緯から、七〇年代まで保革連合政権がつづいた。政権は安定したが、二大政党はやがて巨大な利権団体となり、社会の停滞を招くことになる。二〇世紀末におきた右翼政党・自由党の躍進の背景には、既成政党に対する不満があった。

また、ハプスブルク帝国崩壊によって小国に転落したオーストリアは、同じドイツ民族の国家としてドイツとは異なるアイデンティティを確立する必要に迫られていた。しかし多民族の巨大帝国の盟主という地位を失った今、オーストリア独自の特性を見つけることは容易ではなかった。帝国の崩壊という喪失感に向き合う間もなく政治的混乱のなかでナチスへの併合を許したオーストリアにとって、ハプスブルク帝国が懐古の対象になっていった。クラウディオ・マグリスはそれを「ハプスブルク神話」と呼んだ。

このような戦後オーストリア共和国のおかれた位置に対して、文学は批判的にふるまってきた。すなわちハプスブルク帝国以来の封建的なメンタリティーを揶揄するような、政治性の高い作品が生み出された。それはオーストリアの地方での暮らしを愛着をこめて描き出す伝統的な郷土文学とは著しい対象をなす。偏狭な郷土愛を否定する作家たちの文学は、いきおいコスモポリタン的な性格を持ち、ドイツをはじめヨーロッパで支持された一方、オーストリアに対するネガティヴな視線ゆえに、祖国では「みずからの巣を汚すもの Nestbeschmutzer」としてしばしばマスコミの攻撃の対象となった。

それゆえ、現代オーストリア文学に「オーストリアらしさ」を求めることは難しい。むしろ「反オーストリア」であることが共通項といえるくらいである。それはかつてハプスブルク帝国時代をシニカルかつアイロニカルに描いたヘルマン・ブロッホやローベルト・ムーシルの伝統に連なるといえる。小説技法の面でも伝統的なリアリズムよりも、その時々の前衛的な手法、文学観に敏感である。

加えて人口八〇〇万程度のオーストリアは文学マーケットとして決して大きくない。オーストリアの読者にだけ向けて書くのではなく、広くドイツ語圏の読者に開かれた作品を手がける必要もある。オーストリア固有のローカルな問題をテーマとした文学は、商業的な成功が難しい。戦後オーストリアの「純文学」に見られるコスモポリタン精神は、市場の要求とも合致していた。くわえてオーストリアでは一部をのぞいて保守的な読者層が多いことも付け加えておこう。

インゲボルク・バッハマン（一九二六〜七三）は、オーストリア出身でありながら本国を越えてひろくヨーロッパに認知された最初の詩人、作家である。オーストリア南部のクラーゲンフルト生まれの彼女は、西ドイツの文壇に見出され、戦後を代表する文学集団『四七年グループ Gruppe 47』のなかで華々しいデビューを飾り、西ドイツのメディアで取り上げられたことがきっかけで広く読まれるようになった。ラディカルな政治性を打ち出しつつ、「わたし」という女性の主体をテーマとする彼女の作品は、のちにフェミニズムの先駆的作家と受け取られるようになる。オーストリアを作品の舞台としつつもバッハマンは人生のほとんどを、チューリヒ、ベルリン、ローマなど異国で過ごした。イルゼ・アイヒンガー（一九二一～二〇一六）もバッハマンと同じく『四七年グループ』のメンバーであったが、その作風はもっと言語実験に傾いており、同時期に盛んになったヴィーン・グループの詩人たち、エルンスト・ヤーンドル（一九二五～二〇〇〇）やフリーデリケ・マイレッカー（一九二四～二〇二一）、C・H・アルトマン（一九二一～二〇〇〇）に近いものがある。ヴィーン・グループはフランスのダダイスムやシュルレアリスム影響を受けた、遅れてきたモダニストたちである。ファシズム時代に抑圧されてきた運動が一気に開花した感があった。彼らの作品は、言語実験をとおして保守的な精神風土を風刺し、破壊する試みである。ヴィーンの文壇における存在感は長らく圧倒的であった。

バッハマンより若いトーマス・ベルンハルト（一九三一～八九）も戦後オーストリアの一時代を劃した作家だ。トラークルに影響を受けた初期の詩に始まり、現実への呪詛にみちた初期の小説群はルイ＝フェルディナン・セリーヌを思わせる。この時期の代表作が『石灰工場』である。一時期は「散歩」のように極度に文体実験的な作風を示していたベルンハルトであるが、自伝五部作を経て、やがて無限フーガを思わせる大作『抹殺』を完成させる。戯曲の分野でも、戦後社会のナチス体質、オーストリアの狭隘な土着性を風刺した『英雄広場』などを次々と発表し、スキャンダルを巻き起こした。息の詰まるようなオーストリアの田舎、そしてヴィーンを舞台とした彼の作品は、まさに反郷土文学というにふさわしい。

ペーター・ハントケ（一九四一～）は、戯曲『観客罵倒』、『カスパー・ハウザー』、小説『ゴールキーパーの不安』で既成の文壇、とくに形骸化していた『四七年グループ』を痛烈に批判し、センセーショナルな成功をおさめるが、七〇年代の『長い別れのための短い手紙』、『望み亡き不幸』、『左利きの女』、『聖ヴィクトワール山の教訓』でさりげない日常をとりとめもなく語るスタイルへと変化していく。その過程でみずからのルーツとしてのスロヴェニアに関心を抱いて書き上げたのが『反復』である。この傾向は、ユーゴスラヴィアで内戦が始まったときに公然とセルビアを支持する『冬の旅』でさらに強まり、挑発的なハントケの言動は国際的な論争をまきおこした。ベトナム反戦運動、学生運動が盛んだった西ドイツ文学の流れに対して、彼はアンチ・テーゼを提出し、以後も左翼的な政治文学とは異なる独自の「政治性」をそなえた作品を発表する一方、初期から語り手の「わたし」の主体を疑問に附し、ときには解体するような実験的な小説も試みている。そんな彼は、二〇一九年ノーベル文学賞を受賞した際にも物議を醸した。

八〇年代に入った社民党単独政権の時代、オーストリアの家父長的風土を批判する女性作家の活躍が目立つようになる。バーバラ・フリッシュムート（一九四一～）、ヴァルトラウト・アンナ・ミットグチュ（一九四八～）、エルフリーデ・イェリネク（一九四六～）、マルレーネ・シュトレールヴィッツ（一九五〇～）などがその代表である。彼女たちは鋭い政治意識とともに言語という表現手段にも非常に自覚的であった。バッハマンが受容されるのもこの時期だ。その先駆けとしてヘルタ・クレフトナー（一九二八～五三）やマルレーン・ハウスホーファー（一九二〇～七〇）がいたが、その作品が広く読まれるようになるのは二十一世紀に入ってからである。とりわけエリフリーデ・イェリネクはシュルリアリスムの影響を受けつつ、マルクス主義の立場から資本主義社会を批判する作品を発表した。小説『欲望／快楽』は資本主義社会への直接的な攻撃であるとともに、男性社会が編みあげている言語を解体するような難解な文体実験でもある。ロラン・バルトの『神話作用』で理論武装していた彼女の作風はいわゆるポスト・モダニスムの範疇に当てはまるだろう。引用を多用する間テクスト性の手法や、文学という（高尚な）制度そのものの転倒を試みる野心作を次々と発表し、二〇〇四年、オーストリアの作家としてははじめてノーベル文学賞を受賞した。またイェリネクは極右・自由党が連立政権に加わるやいなや、オーストリアでの自作の上演を禁止するなど政治的な言動でも知られている。なおカンヌ映画祭でグランプリを獲得したミヒャエル・ハネケ監督「ピアニスト」の原作は、イェリネクの小説である。

一九八八年、ヴァルトハイムがオーストリア大統領に選ばれた際に、彼が親衛隊員だったことが暴かれた。これを一つのきっかけとして、オーストリアの戦争責任をめぐる作品が多数書かれる。なかでもエリーザベト・ライヒャルト（一九五三〜）の『二月の影』は、第二次世界大戦末期マウトハウゼン強制収容所から脱走した囚人を地域住民が看守と協力して虐殺した史実に基づいて書かれた作品であり、大きな反響を呼んだ。またクリストフ・ランスマイヤー（一九五四〜）の『キタハラ病』は、現代ヨーロッパと、ナチス支配がつづくパラレルワールドのヨーロッパという、二つの世界を描いた力作である。

ローベルト・シンデル（一九四四〜）とローベルト・メナッセ（一九五四〜）はともにみずからのユダヤ系の出自を題材にした小説を発表している。より若い世代ではドロン・ラビノヴィチ（一九六一〜）がいる。ゲルハルト・ロート（一九四二〜）は『ヴィーン内部への旅』七部作などで、様々な手法、文体でヴィーンを描き出し、さながら現代における全体小説を志向しているかのようだ。郷土文学の伝統を換骨奪胎したのがヨーゼフ・ヴィンクラー（一九五三〜、ケルンテン）やノルベルト・クストライン（一九六一〜、ティロール）。邦訳『眠りの兄弟』で知られるローベルト・シュナイダー（一九六一〜）はフォラルベルク出身だ。第一次大戦後イタリア領となった南ティロール出身の作家たちは、多言語状況のなかで保守的な地元の郷土文学から大きく離れたポスト・モダンな作品でドイツ語圏の読者に受け入れられた。ヨーゼフ・ツォーデラー（一九三五〜）とサビーネ・グルーバー（一九六三〜）の名前を挙げておく。旧ハプスブルク帝国らしくスロヴェニア語やチェコ語を母語とする作家も健在である。ヴィーンの民衆劇の伝統を引くフランツォーベル（一九六七〜）やペーター・トゥリーニ（一九四四〜）の存在も忘れるわけにはいかない。

最初に述べたとおり、現代オーストリア文学は多様である。ドイツ文学との違いをまとめるなら、カトリックおよび封建的権威主義へのラディカルな批判精神と、ヴィトゲンシュタインやカール・クラウスから引き継いだ言語懐疑の精神であり、それらはドイツ文学より、むしろハンガリーやチェコの現代文学と通じる特徴をもっているといえよう。

◆文献一覧

一次文献

Bachmann, Ingeborg, *Werke*. Christine Koschel u.a.(Hrsg.): Piper Verlag, München, 1978.

Bachmann, Ingeborg, *Kriegestagebuch*. Suhrkamp Verlag, Frankfurt am Main, 2010.

Bachmann, Ingeborg, *Die kritische Aufnahme der Existentialphilosophie Martin Heideggers*. Piper Verlag, München, 1985.

Bachmann, Ingeborg, *Wir müssen wahre Sätze finden. Gespräche und Interviews*. Piper Verlag, München, 1983.

Haushofer, Marlen, *Eine Handvoll Leben*. Deutscher Taschenbuch Verlag, München, 1998.

Haushofer, Marlen, *Die Mansarde*. S. Auflage. Deutscher Taschenbuch Verlag Verlag, München. 2002.

Haushofer, Marlen, *Die Tapetentür*. Deutscher Taschenbuch Verlag, München, 1991.

Haushofer, Marlen, *Wir töten Stella und andere Erzählungen*. Deutscher Taschenbuch Verlag, 1990.

Jelinek, Elfriede, *Klavierspielerin*. Rowohlt Verlag, Reinbeck bei Hamburg, 1995.

Jelinek, Elfriede, *Lust*. Rowohlt Verlag, Reinbeck bei Hamburg, 1992.

Mitgutsch Wartraud Anna, *Die Tüchtigung*. Deutscher Taschenbuch Verlag, 1987.
Reichart, Elisabeth, *Februarschatten*. Otto Müller Verlag, 1989.
Reichart, Elisabeth, *La Valse*. Otto Müller Verlag, Salzburg, 1992.
Reichart, Elisabeth, *Nachtmär*. Otto Müller Verlag, Salzburg, 1995.
Schwaiger, Brigitte, *Wie kommt das Salz ins Meer. 2.Auflage*. Langen Müller Verlag, 2003.
Streeruwitz, Marlene, *Verführungen. 3Folge Frauenjahre*. Suhrkamp Verlag, Frankfurt am Main, 1997.

二次文献

Albrecht, Monika / Göttsche, Dirg (Hrsg.), *Bachmann Handbuch. Leben—Werk–Wirkung*. Metzler Verlag, Stuttgart, 2002.
Arnold, Heunz Ludwig, *Elfriede Jelinek*. Zweite, erweiterte Auflage. edition text ＋ kritik, München, 1999.
ders. *Ingeborg Bachmann*. Dritte Auflage: Neufassung. edition text ＋ kritik, München, 1984.
ders. *Ingeborg Bachmann*. Fünfte Auflage: Neufassung. edition text ＋ kritik, München, 1995.
Bancoud, Florence, *Elfriede Jelinek*. Belin, Paris, 2010.
Bartsch, Kurt / Höfler, Günther (Hrsg.) *Dossier 2. Elfriede Jelinek*. Verlag Droschl, Graz,Wien, 1991.
Bartsch, Kurt, *Ingeborg Bachmann*. Zweite Auflage. Metzler, Stuttgart, 1997.
Bergmann, Werner / Erb, Reiner (Hrsg.) *Schwierige Erbe. Der Umgang mit Nationalsozialismus und Antisemitismus in Östereich, der DDR und Bundesrepublik Deutschland*. Campus Verlag, 1995. 邦訳「『負の遺産』との取り組み」（岡田浩平訳、三元社、一九九九年）.

Böschenstein, Bernhard / Weigel, Siegrid (Hrsg.), *Ingeborg Bachmann und Paul Celan. Poetische Korrespondenzen.* Suhrkamp Verlag, Frankfurt am Main, 1997.

Bosse, Anke / Richter, Clemens (Hrsg.), „*Eine geheime Schrift aus diesem Splitterwerk enträtseln...“ Marlen Haushofers Werk im Kontext*. Franke Verlag, Tübingen und Basel, 2000.

Buchebner, Walter (Hrsg.), *Das Schreiben der Frauen in Österreich seit 1950*. Böhlau Verlag, Wien, 1991.

Brüns, Elke, *Aussenstehend, ungelenk, kopfüber weiblich: psychosexuelle Autorpositionen bei Marlen Haushofer, Marieluise Fleißer und Ingeborg Bachmann*. Metzler Verlag, Stuttgart, 1998.

Cerha, Michael (Hrsg.), *Literatur Landschaft Österreich*. Brandstätter, 1995.

Duden, Anne (Hrsg.), „*Oder war da manchmal noch etwas anders?“ : Texte zu Marlen Haushofer*. Verlag Neue Kritik, Frankfurt am Main, 1986.

Eder, Thomas / Vogel, Juliane, Lob der Oberfläche. Zum Werk von Elfriede Jelinek.Wilhelm Fink Verlag, München, 2010.

Endres, Ria, *Schreiben zwischen Lust und Schrecken*. Verlag Bibliothek der Provinz, Weitra.

Fiddler, Alyson, *rewriting reality. An Introduction to Elfriede Jelinek*. Berg, Oxford/ Providence, USA, 1994.

Firges, Jean, *Ingeborg Bachmann: Malina. Die Zerstörung des weiblichen Ich*. Sonnenberg Verlag, Annweiler am Trifels, 2008.

Frei Gerlach, Franziska, *Schrift und Geschlecht. Feministische Entwürfe und Lektüren von Marlen Haushofer, Ingeborg Bachmann und Anne Duden*. Erich Schmidt Verlag, Berlin, 1998.

Gürtler, Christa (Hrsg.), *Gegen den schönen Schein. Text zu Elfriede Jelinek*. Verlag Neue Kritik, Frankfurt am Main, 1990.

Göttsche, Dirk / Ohl, Hubert, Ingeborg Bachmann. Neue Beiträge zu ihrem Werk. Königshausen & Neumann.

Würzbiug, 1993.

Hambusch, Jasmin, *„Das schreibende Ich". Erzählerische Souveränität und Erzählstruktur in Ingeborg Bachmanns Roman „Malina"*. Königshausen & Neumann, Würzburg, 2009.

Hanssen, Beatrice, *Critique of Violence. Between Poststructualism and Critical Theory*. Routledge, London, New York, 2000.

Hapkemeyer, Andreas, *Die Sprachthematik in der Prosa Ingeborg Bachmanns*. Peter Lang Verlag, Frankfurt am Main, 1982.

ders. *Ingeborg Bachmanns früheste Prosa. Struktur und Thematik.* BouvierVerlag, Bonn, 1982.

ders. *Ingeborg Bachmann. Entwicklungslinien in Werk und Leben*. Verlag der Österreichischen Akademie der Wissenschaften, Wien, 1990.

Heberger, Alexandra, *Der Mythos Mann in ausgewählten Prosawerken von Elfriede Jelinek*. Der Andere Verlag, Osnabrück, 2002.

Hoell, Joachim, *Ingeborg Bachmann*. dtv, München, 2001.

Höller, Hans, *Ingeborg Bachmann. Das Werk von den frühesten Gedichten bis zum „Todesarten" — Zyklus*. Athenäum Verlag, Frankfurt am Main, 1987.

ders. *Ingeborg Bachmann*, Rowohlt Verlag, Reinbeck bei Hamburg, 1999.

Hoffmann, Jasmin, *Elfriede Jelinek. Une biograhie*. Éditions Jacqueline Chambon, Paris, 2005.

Janke, Pia (Hrsg.), *Jelinek Hansbuch*. Metzler Verlag, Stuttgart, 2013.

Janz, Marlies, *Elfried Jelinek*. Metzler Verlag, Stuttgart, 1995.

Jelinek, Elfriede / Lecerf, Christine, *L'Entretien*. Édition du Seuil, Paris, 2007.

Jurgensen, Manfred, *Deutsche Frauenautoren der Gegenwart*. Francke Verlag. 1983.

ders. *Ingeborg Bachmann. Die neue Sprache*. Peter Lang, Bern, 1981.

Kohn-Waechter, Gudrun, *Das Verschwinden in der Wand. Destruktive Moderne und Widerspruch eines weiblichen Ich in Ingeborg Bachmanns „Malina“*. Metzler Verlag, Stuttgart, 1992.

Koschel, Christine / von Weidenbaum, Inge, *Kein Objektives Urteil — Nur ein Lebendiges. Text zum Werk von Ingeborg Bachmann*. Piper Verlag, München, 1989.

Kristeva, Julia, *Pouvoirs de l'horeur*. Seuil, 1980.

Kunishige, Yutaka, *Aporia der Moderne — Über Ingeborg Bachmanns „Malina“* (『龍谷紀要』第二十八巻第二号、二〇〇七年).

Lorenz, Dagmar C. G., *Biographie und Chiffre*. University of Cincinatti, 1874.

Lücke, Bärbel, *Elfriede Jelinek*. Wilhelm Fink Verlag, Paderborn, 2008.

dies., *Jelineks Gespenster. Grenzgänge zwischen Politik, Philosophie und Poesie*. Passagen Verlag, Wien, 2007.

Mayer, Verena / Koberg, Roland, *elfriede jelinek. Ein Porträt*. Rowohlt Verlag, Reinbeck bei Hamburg, 2006.

Menasse, Robert, *Das Land ohne Eigenschaften*. Suhrkamp Verlag, Frankfurt am Main, 1992.

Meyer, Anja, *Elfriede Jelinek in der Geschlechterpresse. Die Klavierspielerin und Lust im printmedialen Diskurs*. Olms-Weidmann, Hildesheim, 1994.

Mitscherlich, Alexander und Margarete, *Die Unfähigkeit zu trauern*. Piper Verlag, München, 1967.

Morrien, Rita, *Weibliches Textbegehren bei Ingeborg Bachmann, Marlen Haushofer und Unica Zürn*. Königshausen & Neumann, Würzburg, 1996.

Morris, Leslie, *„Ich suche ein unschuldiges Land“ Reading History in the Poetry of Ingeborg Bachmann*. Stauffenburg Verlag, Tübingen, 2001.

Müller, Sabine und Theodorsen, Cathrine (Hrsg.), *Elfriede Jelinek — Tradition, Text und Zitat*. Praesens Verlag,

Wien, 2008.

Nagy, Hajnalka, *Ein anderes Wort und ein anderes Land. Zum Verhältnis von Wort, Welt und Ich in Ingeborg Bachmanns Werk*. Königshausen & Neumann, Würzburg, 2010.

Pilipp, Frank, *Ingeborg Bachmanns das dreißigste Jahr. Kritischer Kommentar und Deutung*. Königshausen & Neumann, Würzburg, 2001.

Polt-Heinzl, Evelyne, *„Zum Dichten gehört Beschränkung" Hertha Kräftner — ein literarischer Kosmos im Kontext der frühen Nachkriegszeit*. Edition Praesens, Wien, 2004.

Reichart, Elisabeth (Hrsg.), *Österreichische Dichterinnen*. Otto Müller Verlag, Saltburg und Wien, 1993.

Rétif, Françoise / Sonnleithner, Johann (Hrsg.), Elfriede Jelinek. Sprache, Geschlecht und Herrschaft. Königshausen & Neumann, Würzburg, 2008.

Rétif, Françoise, *Ingeborg Bachmann*. Belin, Paris, 2008.

Runge, Anita / Steinbrügge, Lieselotte (Hrsg.), *Die Frau im Dialog. Studien zu Theorie und Geschichte des Briefes*. Metzler Verlag, Stuttgart, 1991.

Ruprechter, Walter, *Elfriede Jelinek — Poetik und Rezeption*. Japanische Gesellschaft für Germanistik, Tokyo, 2005.

Schlich, Jutta, *Phänomenologie der Wahrnehmung von Literatur. Am Beispiel von Elfriede Jelineks „Lust" (1989)*. Niemeyer Verlag, Tübingen, 1994.

Schmid-Bortenschlager, Sigrid, *Österreichische Schriftstellerinnen 1800–2000. Eine Literaturgeschichte*. Wissenschaftliche Buchgesellschaft, Darmstadt, 2009.

Schmidjell, Christine (Hrsg.), *Marlen Haushofer. Die Überlebenden: unveröffentlichte Texte aus Nachlaß; Aufsätze zum Werk*. Kandesverlag, Linz, 1991.

Sobottke, Mathilde / Jourdan, Magali, Qui a peur d、Elfriede Jelinek? Édition Danger Public, Paris, 2006.

Stefan, Verena, *Häutungen*. 2. Auflage. Fischer Taschenbuch Verlag, 1999.
Summerfeld, Ellen, *Ingeborg Bachmann. Die Auslösung der Figur in ihren Roman „Malina“*. Bouvier Verlag, 1976.
Weigel, Sigrid, *Die Stimme der Medusa. Schreiben in der Gegenwartsliteratur von Frauen*. Rowohlt Verlag, Hamburg, 1987.
dies. Ingeborg Bachmann. Zsolnay Verlag, Wien, 1999.

日本語文献

副島美由紀「『無邪気さ』という装い——ブリギッテ・シュヴァイガーの作品世界」（オーストリア文学研究会『オーストリア文学』第九号、一九九三年）。

田邊玲子「アンチ・ポルノを超えて——オーストリア女性作家の挑戦」（『女性学年報』第十二号、一九九一年）。

中込啓子『ジェンダーと文学——イェリネク、ヴォルフ、バッハマンのまなざし』（鳥影社、一九九六年）。

ジュディス・バトラー『ジェンダー・トラブル』（竹村和子訳、青土社、一九九九年）。

ショシャナ・フェルマン（下河辺美知子訳）『女が読むとき　女が書くとき——自伝的新フェミニズム批評』（勁草書房、一九九八年）。

◆初出一覧（大幅に加筆修正を加えたものも含む）

第一章

・「女性が書くということ――マルレーン・ハウスホーファー『ステラを殺したのはわたしたち』（日本オーストリア文学会『オーストリア文学』第二十四号、二〇〇八年）

・「『主婦』が書く小説――マルレーン・ハウスホーファー『屋根裏部屋』（一九六九）について」（日本独文学会京都支部『ゲルマニスティク京都』第五号、二〇〇四年）

第二章

・「オーストリア小説に見る《家族ドラマ》の変遷――M・シュトレールヴィッツ『誘惑。』（一九九六）」（京都大学大学院独文研究室『研究報告』第十四号、二〇〇〇年）

・「娘時代の教育の代償――ブリギッテ・シュヴァイガー『海の水はなぜ塩からい』」（希土同人社『希土』第三十七号、二〇一二年）

第三章
・「消失する『わたし』――小説技法から見たバッハマン『ウンディーネ去る』」（同学社『〈過去の未来〉と〈未来の過去〉――保坂一夫先生古稀記念論文集』、二〇一三年）
・「語る『わたし』の声のゆくえ――バッハマンとベケット」（日本オーストリア文学会『オーストリア文学』第二十九号、二〇一三年）

第四章
・書き下ろし

第五章
・「エリーザベト・ライヒャルト『二月の影』――戦後オーストリア社会とナチス時代の傷痕」（鳥影社『中欧――その変奏』、一九九七年）
・「戦後オーストリア社会の病巣――エリーザベト・ライヒャルト『悪夢』（一九九五）」（日本オーストリア文学会『オーストリア文学』第十六号、二〇〇〇年）

余録
・「オーストリア」『東欧の想像力――現代東欧文学ガイド』（松籟社、二〇一六年）

◆翻訳一覧

本書の訳文はすべて拙訳による。
読者の便宜を図るため、本書で触れた作品の邦訳を挙げる。

第一章
マルレーン・ハウスホーファー『壁』(諏訪功訳、同学社)

第二章
マルレーネ・シュトレールヴィッツ『誘惑。』(松永美穂訳、鳥影社)
ブリギッテ・シュヴァイガー……邦訳なし
ヴァルトラウト・アンナ・ミットグッチュ『体罰』(宮本絢子訳、鳥影社)

第三章
インゲボルク・バッハマン『マリーナ』(神品芳夫、神品友子訳、晶文社)

インゲボルク・バッハマン『三十歳』(松永美穂訳、岩波文庫)＝「ウンディーネ去る」所収

第四章
エルフリーデ・イェリネク『ピアニスト』(中込啓子訳、鳥影社)
エルフリーデ・イェリネク『したい気分』(中込啓子、リタ・ブリール訳、鳥影社)

第五章
エリーザベト・ライヒャルト……邦訳なし

あとがき（謝辞）

本書の構想は、わたしがヴィーン大学の門をたたいた一九九六年度冬学期にさかのぼる。入学手続きを期日までに終えることができず（外務省には学籍がないとビザを出せないと言われ、大学からはビザがないと学生登録できないと言われ苦労した）、事情を説明して、オーストリア女性文学を取り上げたコンスタンツェ・フリードル先生のゼミを聴講させていただくことになり、口頭発表でエリーザベト・ライヒャルトを担当することになった。修士論文でバッハマンを論じたわたしは、このゼミをきっかけにオーストリアのさまざまな女性作家にも関心を抱くようになった（同じ学期に、イェリネク一人に対象を絞ったユリアンネ・フォーゲル先生のゼミにも参加させていただいた）。この時のフリードル先生の授業での口頭発表の原稿をもとにして書かれたのが第五章のライヒャルト論である。以降、書きつづけてきた論考を一冊にまとめたのが本書である。

まず、ゼミの口頭発表のドイツ語原稿を当時添削してくれたスザンネ・クリーンさん（北海道大学）に、お礼の気持ちを伝えたい。彼女のヴィーン子特有の機智に接していなければ、オーストリア文学の精髄に気づかずに終わっていたことだろう。

イェリネク論を書くにあたって論文を参考にさせていただいたレオポルト・フェーダーマイヤーさん（広島大学）にも心から挨拶を送りたい。彼とヴィーン訛りで語り合った時間ほど愉快なことはなかった。

オーストリア文学への関心を開いてくださったのは平田達治先生（大阪大学名誉教授）である。平田先生との出会いなくして、シュトレールヴィッツの『誘惑。』の舞台となったヴィーンのお屋敷街ヒーツィングを実際に散策してその雰囲気を体感する発想は湧かなかった。平田先生や松村國隆先生（大阪市立大学名誉教授）が主催されていた「オーストリア文学研究会」に参加させていただいた時間は、院生時代の宝物である。この研究会で知り合った高井絹子さん（大阪市立大学）、佐藤文彦さん（金沢大学）には同世代のオーストリア研究者としていつも刺戟をうけてきた。今後もよきライバルとして切磋琢磨していきたい。

田邊玲子先生（京都大学）の「アンチ・ポルノを超えて――オーストリア女性作家の挑戦――」（『女性学年報』第十二号、一九九一年）によってイェリネクの世界に、大川勇先生（京都大学）の「バッハマンのユートピア概念――ムージル・エッセイとフランクフルト講義におけるムージル受容」（『オーストリア文学』第八号、一九九二年）によってバッハマンの世界に足を踏み入れることができた。イェリネクの多義的な「Lust」の訳題として採らせていただいた『欲望／快楽』は田邊先生によるものだ。

フランス語の分からないところを教えてくれたマリ＝ノエル・ボーヴィウさん（広島大学）にもお礼申し上げたい。彼女はフランス語にとどまらず日ごろの文学談義のよき話し相手である。

龍谷大学の同僚、佐藤和弘さん、今井敦さん、高岡智子さんは、なにかと仕事にミスが多いわたしをフォローして、研究面でも教育面でも快適な職場環境を作ってくださっている。三人のサポートがなければ、本書は完成しなかっただろう。

いうまでもなく、二十五年の歳月をかけて完成した本書は、多くの先行研究なしにはありえなかった。先人に感謝したい。また留学当時はほとんどなかった邦訳も数多く出版されてきた。翻訳者のご努力に敬意を表したい。

最後に旧稿の清書を手伝ってくれた今嶋夕葵さんにもお礼申し上げたい。ありがとう。そして松籟社の編集者、木村浩之さん。最初に本書の原稿を見ていただいたときは、目次は作家の生年順だった。原稿を読んだ木村さんは、そのなかから「母と娘の物語」という本書の「肝」を取り出して、このテーマで目次を組み立て直すことを提案してくださった。それから一年かけて、このテーマに沿って既発表論文を書き改め、あらたにイェリネク論を書き下ろした。こうして完成した本書は、前著『ことばの水底へ』につづいて木村さんとの共著と呼んでいいものである。心よりお礼申し上げます。

なお本書は龍谷大学の出版助成金を得て刊行される。審査にあたってくださった教職員のみなさまに感謝申し上げます。

二〇二一年十二月二十六日　京都・洛北

國重　裕

◉ 索　引 ◉

・本文および注で言及した人名を配列した。

◆著者紹介

國重　裕（くにしげ・ゆたか）
龍谷大学准教授（教養教育科目ドイツ語）。
一九六八年京都生まれ。京都大学文学部ドイツ文学科卒業。二〇〇三年「表象のユーゴスラヴィア――ユーゴスラヴィア内戦と西欧知識人」で博士号取得。専門は、現代オーストリア・東欧文学、比較文化論。
詩集に『静物／連禱』（七月堂）、『彼方への閃光』（書肆山田）ほか。著書に『ことばの水底へ――「わたし」をめぐるオスティナート』、『《壁》が崩れた後――文学で読む統一後の東ドイツ社会』（郁文堂）がある。共著に『中欧――その変奏』（鳥影社）、『ドイツ文化史への招待』（大阪大学出版局）、『ドイツ文化を知る55のキーワード』（ミネルヴァ書房）、『ドイツ保守革命』『東欧の想像力』（以上、松籟社）など。

本書は龍谷大学より出版助成を受けて刊行されました。

母と娘の物語——戦後オーストリア女性文学の《探求》

2022年2月28日　初版第1刷発行　　　定価はカバーに表示しています

著　者　　國重　裕

発行者　　相坂　一

発行所　松籟社（しょうらいしゃ）
〒612-0801　京都市伏見区深草正覚町1-34
電話　075-531-2878　振替　01040-3-13030
url　http://www.shoraisha.com/

印刷・製本　モリモト印刷株式会社
装幀　西田優子
Printed in Japan

ISBN978-4-87984-421-7　C0098